J. Dierssen

Ein Hauch von Weihnachten: 30 besinnliche Geschichten für Erwachsene

Ein Hauch von Weihnachten: Besinnliche Geschichten für Erwachsene

Table Of Contents

Titel: Ein Hauch von Weihnachten: Besinnliche Geschichten für Erwachsene	**12**
Vorwort	**14**
Vorwort	14
Kapitel 1: Die Magie der Weihnachtszeit	**16**
Die Vorfreude auf Weihnachten	17
Der Zauber der Weihnachtsdekoration	19
Das Geheimnis des Weihnachtsbaums	22
Die Wunder der Weihnachtslichter	24

Ein Hauch von Weihnachten: Besinnliche Geschichten für Erwachsene

Kapitel 2: Besondere Begegnungen — 27

Eine überraschende Begegnung am Weihnachtsmarkt — 27

Ein unerwartetes Geschenk von einem Fremden — 30

Die Verbindung zu alten Freunden an Weihnachten — 33

Ein herzliches Wiedersehen mit der Familie — 35

Kapitel 3: Liebe und Romantik zur Weihnachtszeit — 38

Ein verzauberter Heiratsantrag an Heiligabend — 38

Ein Hauch von Weihnachten: Besinnliche Geschichten für Erwachsene

Die Suche nach der wahren Liebe unter dem Mistelzweig	41
Eine unerwartete Liebesgeschichte am Weihnachtsfeuer	43
Das Wunder der Versöhnung an Weihnachten	45
Kapitel 4: Die Bedeutung von Traditionen	**48**
Das Geheimnis des Weihnachtsessens	48
Die Kraft der Weihnachtsmusik	50
Das Erbe der Weihnachtsbäckerei	53
Die Freude am Schenken und Beschenktwerden	56

Ein Hauch von Weihnachten: Besinnliche Geschichten für Erwachsene

Kapitel 5: Besinnlichkeit und Nachdenklichkeit — 58

   Eine stille Nacht der Reflektion — 58

   Die Bedeutung des Gebens an Bedürftige — 60

   Das Licht in der Dunkelheit: Hoffnung an Weihnachten — 63

   Das Fest der Dankbarkeit und des Friedens — 66

Kapitel 6: Die Magie von Weihnachtstraditionen aus aller Welt — 68

   Weihnachten in fernen Ländern: Ein Blick über den Tellerrand — 68

Ein Hauch von Weihnachten: Besinnliche Geschichten für Erwachsene

Bräuche und Rituale: Wie andere Kulturen Weihnachten feiern ... 71

Die universelle Botschaft der Nächstenliebe zur Weihnachtszeit ... 74

Wie verschiedene Traditionen unsere eigene Weihnachtsstimmung beeinflussen ... 76

Kapitel 7: Weihnachten im Wandel der Zeit ... 79

Weihnachten gestern und heute: Der Einfluss der modernen Welt ... 79

Die Herausforderungen des Weihnachtskonsums ... 81

Ein Hauch von Weihnachten: Besinnliche Geschichten für Erwachsene

Die Suche nach dem wahren Sinn von Weihnachten in unserer hektischen Zeit — 84

Ein Blick in die Zukunft: Wie wird Weihnachten in 50 Jahren aussehen? — 87

Kapitel 8: Besondere Momente und Erinnerungen — 90

Das unvergessliche Weihnachtsfest meiner Kindheit — 90

Emotionale Augenblicke: Tränen der Freude an Weihnachten — 93

Die Magie des ersten Weihnachtsfests mit dem eigenen Kind — 95

Ein Hauch von Weihnachten: Besinnliche Geschichten für Erwachsene

Die Bedeutung von Erinnerungen an vergangene Weihnachtszeiten	98
Kapitel 9: Die Heiligkeit von Weihnachten	**101**
Die biblische Geschichte von der Geburt Jesu	101
Die spirituelle Bedeutung der Weihnachtszeit	104
Die Suche nach dem inneren Frieden an Weihnachten	106
Die Verbindung zwischen Glaube und Weihnachten	108
Kapitel 10: Das Fest der Freude und des Zusammenhalts	**111**

Ein Hauch von Weihnachten: Besinnliche Geschichten für Erwachsene

Weihnachten im Kreise lieber Menschen — 111

Die Freude am Teilen und gemeinsamen Feiern — 114

Die Bedeutung von Gemeinschaft und Zusammenhalt zur Weihnachtszeit — 117

Die Kraft von Liebe und Mitgefühl an Weihnachten — 119

Kapitel 11: 15 weitere Weihnachtliche Geschichten — 121

1. "Ein Wintermärchen: Geheimnisse der Heiligen Nacht" — 122

Ein Hauch von Weihnachten: Besinnliche Geschichten für Erwachsene

2. "Zwischen Glühwein und Sternenhimmel: Weihnachtszauber in der Stadt"   124

3. "Die unerwartete Begegnung: Ein Weihnachtsgeheimnis"   126

4. "Schnee, Liebe und Magie: Weihnachten am Kamin"   129

5. "Das Geschenk der Vergebung: Eine Weihnachtsgeschichte"   131

6. "Die Melodie der Weihnachtsnacht: Eine musikalische Reise"   134

7. "Weihnachtslichter im Herzen: Geschichten von Hoffnung und Liebe"   136

Ein Hauch von Weihnachten: Besinnliche Geschichten für Erwachsene

8. "Der verschneite Weg zur Weihnacht: Abenteuer in der Natur"	138
9. "Die Kunst des Schenkens: Eine Weihnachtsgeschichte"	141
10. "Wohin der Stern uns führt: Eine moderne Weihnachtsodyssee"	143
11. "Die Geheimnisse des Weihnachtsmarktes: Liebe, Freundschaft, Glühwein"	146
12. "Eine Stille Nacht in der Großstadt: Magie im urbanen Dschungel"	148
13. "Rückkehr nach Hause: Weihnachten in der Heimatstadt"	151

Ein Hauch von Weihnachten: Besinnliche Geschichten für Erwachsene

14. "Die Weihnachtsreise: Abenteuerlust im festlichen Gewand" 154

15. "Kaminfeuer und Geschichten: Ein Weihnachtsabend unter Freunden" 157

Schlusswort **160**

Schlusswort 160

Titel: Ein Hauch von Weihnachten: Besinnliche Geschichten für Erwachsene

Ein Hauch von Weihnachten: Besinnliche Geschichten für Erwachsene

Die Weihnachtsgeschichten in diesem Buch entführen den Leser in eine Welt voller Zauber und Nostalgie. Jede Geschichte erzählt von den kleinen und großen Wundern, die in der Weihnachtszeit geschehen können. Sie handeln von Liebe, Freundschaft, Vergebung und dem Sinn des Festes. Dabei werden unterschiedliche Themen aufgegriffen, die uns alle berühren: Familie, Traditionen, Hoffnung und die Bedeutung des Gebens.

Ein Hauch von Weihnachten: Besinnliche Geschichten für Erwachsene

Der Autor versteht es meisterhaft, die Magie der Weihnachtszeit einzufangen und in Worte zu fassen. Mit ihrer einfühlsamen und mitreißenden Schreibweise gelingt es ihr, den Leser auf eine emotionale Reise mitzunehmen. Man kann förmlich den Duft von Tannenzweigen und Zimt in der Luft spüren und die leisen Klänge von Weihnachtsliedern hören.

Dieses Buch ist für Menschen in weihnachtlicher Stimmung ein absolutes Muss. Es bietet die perfekte Möglichkeit, sich eine Auszeit zu gönnen und sich in die Welt der besinnlichen Weihnachtsgeschichten zu entführen. Ob man sich alleine mit einer Tasse heißer Schokolade auf dem Sofa einkuschelt oder die Geschichten mit der Familie bei Kerzenschein liest - "Ein Hauch von Weihnachten" verspricht eine wunderbare Zeit voller Emotionen und Weihnachtszauber.

Ein Hauch von Weihnachten: Besinnliche Geschichten für Erwachsene

Tauchen Sie ein in die Welt der besinnlichen Weihnachtsgeschichten und lassen Sie sich von der Magie des Festes verzaubern. Ein Buch, das nicht nur die Vorfreude auf Weihnachten steigert, sondern auch die Herzen erwachsener Leser berührt.

Vorwort

Vorwort

Liebe Leserinnen und Leser,

ein Hauch von Weihnachten liegt in der Luft, und mit diesem Buch möchten wir Sie in eine ganz besondere Stimmung eintauchen lassen. "Ein Hauch von Weihnachten: Besinnliche Geschichten für Erwachsene" ist eine Sammlung von Erzählungen, die speziell für Menschen in weihnachtlicher Stimmung geschrieben wurden. In diesen 30 Weihnachtsgeschichten für Erwachsene möchten wir Ihnen Momente der Besinnlichkeit, der Wärme und der Hoffnung schenken.

Ein Hauch von Weihnachten: Besinnliche Geschichten für Erwachsene

Die Weihnachtszeit ist eine Zeit der Traditionen und des Zusammenseins, aber auch der Reflexion und des Nachdenkens. In den folgenden Seiten werden Sie auf eine Reise durch verschiedene Facetten dieser festlichen Zeit mitgenommen. Sie werden Geschichten über die Bedeutung von Familie und Freundschaft entdecken, über die Magie der kleinen Gesten und über die Kraft der Liebe. Wir möchten Sie inspirieren und Ihnen einen Moment der Ruhe und Entspannung schenken, mitten im Trubel der Weihnachtsvorbereitungen.

Die Geschichten in diesem Buch sind sorgfältig ausgewählt, um Ihnen eine vielfältige Palette an Emotionen zu bieten. Von herzergreifenden Erzählungen bis hin zu humorvollen Anekdoten ist für jeden Geschmack etwas dabei. Tauchen Sie ein in eine Welt voller winterlicher Atmosphäre, knisterndem Kaminfeuer und funkelnden Lichtern.

Ein Hauch von Weihnachten: Besinnliche Geschichten für Erwachsene

Wir hoffen, dass Sie in diesen Geschichten Momente finden, die Sie berühren und zum Nachdenken anregen. Lassen Sie sich von der Magie der Weihnachtszeit verzaubern und gönnen Sie sich eine Auszeit vom Alltag. Nehmen Sie sich die Zeit, um sich in die Welt dieser Geschichten zu begeben und den Zauber von Weihnachten zu spüren.

Wir wünschen Ihnen eine wundervolle Lesezeit und eine frohe Weihnachtszeit!

Kapitel 1: Die Magie der Weihnachtszeit

Ein Hauch von Weihnachten: Besinnliche Geschichten für Erwachsene

Die Vorfreude auf Weihnachten

Die Weihnachtszeit ist eine Zeit der Vorfreude, eine Zeit der besinnlichen Stimmung und der warmen Gefühle. Für viele Menschen ist diese Zeit des Jahres etwas ganz Besonderes, eine Zeit voller Magie und Traditionen. In dem Buch "Ein Hauch von Weihnachten: 30 besinnliche Geschichten für Erwachsene" finden Sie genau das, was Sie brauchen, um in die weihnachtliche Stimmung einzutauchen.

Die Vorfreude auf Weihnachten beginnt oft schon lange vor dem eigentlichen Fest. Es ist die Zeit, in der man sich auf das Zusammensein mit der Familie freut, auf gemütliche Abende vor dem Kamin, auf leckeres Essen und auf die Geschenke, die unter dem prächtig geschmückten Weihnachtsbaum liegen werden. Es ist die Zeit, in der man sich zurücklehnt und die schönen Erinnerungen vergangener Weihnachtsfeste Revue passieren lässt.

Ein Hauch von Weihnachten: Besinnliche Geschichten für Erwachsene

In diesem Buch finden Sie Geschichten, die Sie in die Welt der Weihnachtstraditionen entführen. Sie erzählen von liebevollen Begegnungen, von unerwarteten Geschenken und von der Bedeutung von Zusammenhalt und Nächstenliebe. Jede Geschichte ist ein kleiner Hauch von Weihnachten, der Ihr Herz erwärmen wird.

Lassen Sie sich von den Geschichten inspirieren und tauchen Sie ein in die Weihnachtszeit. Von romantischen Winterlandschaften bis hin zu heiteren Begebenheiten - dieses Buch bietet eine Vielfalt an Erzählungen, die für jeden Geschmack etwas bereithalten.

Für Menschen in weihnachtlicher Stimmung ist dieses Buch ein absolutes Muss. Es verspricht nicht nur unterhaltsame Momente, sondern auch eine tiefe emotionale Verbundenheit mit dem Zauber der Weihnachtszeit. Tauchen Sie ein in die Welt der besinnlichen Geschichten und lassen Sie sich von der Vorfreude auf Weihnachten verzaubern.

Ein Hauch von Weihnachten: Besinnliche Geschichten für Erwachsene

"Ein Hauch von Weihnachten: 30 besinnliche Geschichten für Erwachsene" ist das perfekte Buch, um sich auf das Fest der Liebe einzustimmen und die Vorfreude auf Weihnachten in vollen Zügen zu genießen. Holen Sie sich dieses Buch und lassen Sie sich von den Geschichten verzaubern.

Der Zauber der Weihnachtsdekoration

Die Weihnachtszeit ist eine Zeit voller Magie und Zauber. Wenn die Tage kürzer werden und der erste Schnee fällt, erwacht in den Herzen der Menschen eine besondere Stimmung. Es ist die Zeit der Vorfreude, der Gemütlichkeit und der Liebe. Und ein wesentlicher Bestandteil dieser zauberhaften Zeit ist die Weihnachtsdekoration.

Ein Hauch von Weihnachten: Besinnliche Geschichten für Erwachsene

Die Weihnachtsdekoration verwandelt unsere Häuser und Wohnungen in kleine Winterwunderländer. Vom funkelnden Weihnachtsbaum bis hin zu den liebevoll geschmückten Fenstern, alles strahlt eine ganz besondere Atmosphäre aus. Die Lichter erhellen die dunklen Abende und verleihen den Räumen einen warmen Glanz. Es ist, als ob sich die Magie der Weihnacht in jedem einzelnen Dekorationsstück widerspiegelt.

Jeder hat seine eigenen Traditionen, wenn es um die Weihnachtsdekoration geht. Manche mögen es klassisch mit roten und goldenen Farbtönen, andere bevorzugen einen modernen Look mit klaren Linien und minimalistischem Design. Doch egal, welchen Stil man wählt, das Ziel ist immer dasselbe: Die Schaffung einer behaglichen und festlichen Atmosphäre, in der sich die Menschen geborgen fühlen.

Ein Hauch von Weihnachten: Besinnliche Geschichten für Erwachsene

Die Weihnachtsdekoration ist jedoch nicht nur ästhetisch ansprechend, sie weckt auch Erinnerungen und Emotionen. Beim Auspacken der alten Christbaumkugeln oder dem Anbringen des Adventskranzes werden wir an vergangene Weihnachtsfeste erinnert. Wir denken an geliebte Menschen, die vielleicht nicht mehr bei uns sind, und spüren die Verbundenheit, die uns gerade in dieser Zeit besonders bewusst wird.

Inmitten des hektischen Alltags bringt uns die Weihnachtsdekoration zur Ruhe. Sie erinnert uns daran, dass es wichtig ist, innezuhalten und die kleinen und kostbaren Momente des Lebens zu genießen. Sie schafft eine Atmosphäre, in der man sich zurücklehnen, entspannen und den Zauber der Weihnacht spüren kann.

Ein Hauch von Weihnachten: Besinnliche Geschichten für Erwachsene

Lassen Sie sich also von der Magie der Weihnachtsdekoration verzaubern und tauchen Sie ein in die festliche Stimmung dieser besonderen Zeit. Nehmen Sie sich Zeit, um Ihre eigene Weihnachtsdekoration mit Liebe und Sorgfalt zu gestalten und spüren Sie, wie sich der Zauber der Weihnacht in Ihrem Zuhause entfaltet. Genießen Sie die gemeinsamen Momente mit Ihren Liebsten und lassen Sie sich von der Weihnachtsdekoration inspirieren, um Ihre eigene Geschichte zu schreiben – eine Geschichte voller Liebe, Freude und Besinnlichkeit.

Das Geheimnis des Weihnachtsbaums

In der magischen Atmosphäre der Weihnachtszeit gibt es eine Tradition, die seit Jahrhunderten das Herz der Menschen berührt - das Aufstellen des Weihnachtsbaums. Doch was steckt eigentlich hinter diesem geheimnisvollen Brauch?

Ein Hauch von Weihnachten: Besinnliche Geschichten für Erwachsene

Wenn der Winter naht und die ersten Schneeflocken sanft vom Himmel fallen, erfüllt eine besondere Vorfreude die Menschen in weihnachtlicher Stimmung. Die Straßen werden mit funkelnden Lichtern geschmückt, der Duft von frischgebackenen Plätzchen und Glühwein erfüllt die Luft und überall hört man fröhliche Weihnachtsklänge. Doch der Mittelpunkt all dieser festlichen Pracht ist der Weihnachtsbaum.

Ein Hauch von Nostalgie umgibt den Moment, in dem der Baum in das Wohnzimmer getragen wird. Manch einer erinnert sich an die eigene Kindheit, als man voller Vorfreude auf das Christkind den Baum mit bunten Kugeln und glitzernden Lichtern schmückte. Doch woher kommt dieser Brauch eigentlich?

Die Wurzeln des Weihnachtsbaums reichen weit zurück in die Geschichte. Schon in vorchristlicher Zeit schmückten die Menschen im Winter ihre Häuser mit immergrünen Zweigen als Zeichen des Lebens und der Hoffnung. Doch erst im 16. Jahrhundert wurde der geschmückte Baum zum festen Bestandteil des Weihnachtsfestes.

Ein Hauch von Weihnachten: Besinnliche Geschichten für Erwachsene

Doch das Geheimnis des Weihnachtsbaums liegt nicht nur in seiner historischen Bedeutung. Es ist auch das Gefühl von Zusammengehörigkeit und Geborgenheit, das er symbolisiert. Wenn Familie und Freunde um den geschmückten Baum versammelt sind, entsteht eine ganz besondere Atmosphäre der Liebe und des Friedens.

So verbindet der Weihnachtsbaum Generationen miteinander und erinnert uns daran, dass die wahren Werte der Weihnachtszeit nicht in Geschenken oder äußerlichem Glanz liegen, sondern in der Gemeinschaft und der Zeit, die wir miteinander verbringen.

Das Geheimnis des Weihnachtsbaums ist somit ein Geheimnis der Herzen. Es ist das Gefühl von Freude, Hoffnung und Liebe, das er in uns hervorruft. Möge der Weihnachtsbaum auch in diesem Jahr wieder das Zentrum unserer Feierlichkeiten sein und uns daran erinnern, worauf es wirklich ankommt - die Magie der Weihnacht im Kreise unserer Lieben zu erleben.

Die Wunder der Weihnachtslichter

Ein Hauch von Weihnachten: Besinnliche Geschichten für Erwachsene

In der dunkelsten Zeit des Jahres erstrahlen sie in voller Pracht - die Weihnachtslichter. Sie sind das Herzstück der festlichen Dekorationen und verleihen der Weihnachtszeit ihren ganz besonderen Zauber. Für viele Menschen sind sie ein Symbol der Hoffnung, des Friedens und der Freude.

Wenn die Tage kürzer werden und die Temperaturen fallen, beginnt die Vorfreude auf Weihnachten zu steigen. Die Straßen und Häuser werden mit bunten Lichtern geschmückt, die die winterliche Dunkelheit erhellen. Die Weihnachtslichter erzeugen eine warme und gemütliche Atmosphäre, die uns einlädt, zur Ruhe zu kommen und die besinnliche Stimmung zu genießen.

Ein Hauch von Weihnachten: Besinnliche Geschichten für Erwachsene

Ein Spaziergang durch die weihnachtlich geschmückte Stadt ist eine wahre Freude für die Sinne. Die Lichter tanzen in den Bäumen, schmücken die Schaufenster und lassen die Gebäude in einem festlichen Glanz erstrahlen. Es ist, als ob die ganze Welt in ein magisches Licht getaucht wird. Die Menschen schlendern durch die Straßen, bewundern die prächtigen Lichtinstallationen und lassen sich von der festlichen Stimmung verzaubern.

Doch die Weihnachtslichter sind nicht nur ästhetisch ansprechend. Sie haben auch eine tiefe symbolische Bedeutung. Sie erinnern uns daran, dass selbst in den dunkelsten Zeiten ein Funken Hoffnung und Licht existiert. Sie erinnern uns daran, dass das Fest der Liebe und des Zusammenhalts naht. Die Weihnachtslichter bringen Menschen zusammen, sie schaffen eine Verbindung und lassen die Herzen erwärmen.

Ein Hauch von Weihnachten: Besinnliche Geschichten für Erwachsene

In der Hektik des Alltags sollten wir uns immer wieder Zeit nehmen, die Schönheit der Weihnachtslichter zu betrachten und ihre Botschaft in uns aufzunehmen. Sie erinnern uns daran, dass es im Leben um mehr geht als nur um materielle Dinge. Sie erinnern uns daran, dass die kleinen Momente der Freude und des Zusammenseins von unschätzbarem Wert sind.

Die Wunder der Weihnachtslichter sind ein Geschenk, das uns jedes Jahr aufs Neue gegeben wird. Lassen wir uns von ihrem Glanz verzaubern und öffnen wir unsere Herzen für die Magie dieser besonderen Zeit. Denn in den Weihnachtslichtern liegt ein Hauch von Hoffnung, Liebe und dem Zauber der Weihnacht verborgen.

Kapitel 2: Besondere Begegnungen

Eine überraschende Begegnung am Weihnachtsmarkt

Ein Hauch von Weihnachten: Besinnliche Geschichten für Erwachsene

Der Duft von gebrannten Mandeln und Glühwein lag in der Luft, als Marie über den belebten Weihnachtsmarkt schlenderte. Sie konnte die Aufregung und Vorfreude der Menschen um sich herum förmlich spüren. Es war eine magische Atmosphäre, die jedes Jahr aufs Neue ihre Sinne betörte.

Marie liebte Weihnachten und all die Traditionen, die damit einhergingen. Sie genoss es, durch die festlich geschmückten Buden zu bummeln, die kunstvollen Handwerksarbeiten zu bewundern und das fröhliche Lachen der Kinder zu hören, während sie aufgeregt von einem Karussell zum nächsten liefen.

Plötzlich blieb Marie vor einem Stand stehen, der ihre Aufmerksamkeit auf sich zog. Es war ein kleiner Bücherladen, der mit einer Vielzahl von Weihnachtsgeschichten lockte. Als begeisterte Leserin konnte sie einfach nicht widerstehen und trat ein.

Ein Hauch von Weihnachten: Besinnliche Geschichten für Erwachsene

Im Inneren des Ladens herrschte eine behagliche Atmosphäre. Der Besitzer, ein älterer Herr mit freundlichen Augen, lächelte Marie freundlich an. Sie begann mit ihm ins Gespräch zu kommen und er erzählte von den vielen Geschichten, die er im Laufe der Jahre gesammelt hatte. Von besinnlichen Erzählungen über weihnachtliche Wunder bis hin zu herzerwärmenden Begegnungen – das Angebot schien schier endlos.

Marie konnte ihre Begeisterung kaum verbergen und begann, in den Büchern zu stöbern. Sie fand eine Geschichte, die sie besonders ansprach. Es handelte von einer überraschenden Begegnung am Weihnachtsmarkt, die das Leben zweier Menschen für immer veränderte.

Als Marie den Laden verließ, war sie erfüllt von Vorfreude und Neugier auf die Geschichte, die sie soeben erworben hatte. Sie wusste, dass sie sich auf ein besonderes Lesevergnügen freuen konnte und dass Weihnachten in diesem Jahr eine ganz neue Bedeutung für sie haben würde.

Ein Hauch von Weihnachten: Besinnliche Geschichten für Erwachsene

Mit dem Buch fest in ihren Händen und einem warmen Lächeln auf den Lippen machte sich Marie auf den Weg nach Hause, bereit, in die Welt der Weihnachtsgeschichten einzutauchen und ihre eigene besondere Begegnung am Weihnachtsmarkt zu erleben.

Ein unerwartetes Geschenk von einem Fremden

Es war eine kalte Dezembernacht, als Anna durch die verschneiten Straßen der Stadt schlenderte. Die Weihnachtsbeleuchtung erstrahlte in warmen Farben, und die Menschen waren in festlicher Stimmung. Obwohl Anna sich bemühte, die Vorfreude auf das Fest zu spüren, konnte sie den Schmerz in ihrem Herzen nicht verbergen. Es war das erste Weihnachten ohne ihre geliebte Großmutter, die vor ein paar Monaten verstorben war.

Ein Hauch von Weihnachten: Besinnliche Geschichten für Erwachsene

In Gedanken versunken erreichte Anna den belebten Weihnachtsmarkt. Die Gerüche von gebrannten Mandeln und Glühwein stiegen ihr in die Nase und zauberten ihr ein zartes Lächeln auf die Lippen. Doch plötzlich spürte sie eine Hand auf ihrer Schulter. Sie drehte sich um und sah einen älteren Herrn mit einem freundlichen Gesichtsausdruck.

"Entschuldigen Sie die Störung", sagte der Fremde mit einer sanften Stimme. "Aber ich habe bemerkt, dass Sie traurig sind. Kann ich Ihnen vielleicht helfen?"

Anna war überrascht von der Freundlichkeit des Unbekannten. Sie erzählte ihm von ihrer Großmutter und wie sehr sie sie vermisste. Der Fremde hörte aufmerksam zu und schien ihre Trauer zu verstehen. Dann schenkte er ihr ein kleines Päckchen.

"Öffnen Sie es erst, wenn Sie zu Hause sind", sagte er geheimnisvoll. "Es ist ein Geschenk, das Ihnen helfen wird, die Magie von Weihnachten wiederzufinden."

Ein Hauch von Weihnachten: Besinnliche Geschichten für Erwachsene

Mit neugierigen Augen und einem Hauch von Hoffnung in ihrem Herzen machte sich Anna auf den Heimweg. Als sie das Päckchen öffnete, konnte sie ihren Augen kaum trauen. Es war ein handgeschriebener Brief von ihrer Großmutter, den sie vor ihrem Tod verfasst hatte. In dem Brief erinnerte ihre Großmutter sie daran, dass die Liebe und die Erinnerungen immer in ihrem Herzen leben würden.

Tränen der Dankbarkeit und Freude liefen Annas Wangen hinunter. Der Fremde hatte ihr ein Geschenk gemacht, das sie für immer schätzen würde. Von diesem Moment an konnte Anna die Weihnachtszeit mit einer neuen Perspektive betrachten. Sie wusste, dass ihre Großmutter immer bei ihr war und dass die wahre Bedeutung von Weihnachten in der Liebe und dem Miteinander lag.

In dieser besonderen Nacht hatte Anna nicht nur ein unerwartetes Geschenk von einem Fremden erhalten, sondern auch die Gewissheit, dass die Magie von Weihnachten in den kleinen Gesten der Liebe und des Mitgefühls existiert.

Ein Hauch von Weihnachten: Besinnliche Geschichten für Erwachsene

Die Verbindung zu alten Freunden an Weihnachten

In der hektischen und oft stressigen Vorweihnachtszeit gibt es nichts Schöneres, als sich mit alten Freunden zu treffen und gemeinsam die besinnliche Atmosphäre der Feiertage zu genießen. Die Verbindung zu Menschen, die man lange nicht gesehen hat, kann zu Weihnachten eine ganz besondere Bedeutung haben.

Es ist eine Zeit des Rückblicks, des Innehaltens und des Dankbarseins. Während wir die glitzernden Lichter bewundern und den Duft von Zimt und Tannennadeln in der Luft wahrnehmen, erinnern wir uns an vergangene Weihnachtsfeste, an gemeinsame Erlebnisse und an die Menschen, die uns wichtig sind.

Ein Hauch von Weihnachten: Besinnliche Geschichten für Erwachsene

Die Einladung zu einem Treffen mit alten Freunden zu Weihnachten kann eine wahre Herzensangelegenheit sein. Es ist die Gelegenheit, vergangene Zeiten wieder aufleben zu lassen und Erinnerungen zu teilen. Gemeinsam können wir über alte Geschichten lachen, uns über die Höhen und Tiefen des Lebens austauschen und uns daran erinnern, warum wir einst so eng miteinander verbunden waren.

In einer Welt, die sich ständig verändert und in der die Zeit oft knapp ist, ist es ein wertvolles Geschenk, die Verbindung zu alten Freunden aufrechtzuerhalten. Weihnachten bietet die perfekte Möglichkeit, diese Verbindung zu pflegen und zu stärken. Inmitten von festlicher Musik, Kerzenschein und gemütlichem Beisammensein können wir uns Zeit nehmen, um einander zuzuhören und uns gegenseitig zu unterstützen.

Die Verbindung zu alten Freunden an Weihnachten ist eine Erinnerung daran, dass wir nicht alleine sind. Es ist ein Ausdruck von Liebe, Freundschaft und gemeinsamen Werten. In diesen besonderen Momenten spüren wir, wie kostbar die Beziehungen sind, die wir im Laufe unseres Lebens geknüpft haben.

Ein Hauch von Weihnachten: Besinnliche Geschichten für Erwachsene

Lassen Sie uns in dieser Weihnachtszeit die Verbindung zu alten Freunden suchen und ihnen zeigen, wie wichtig sie uns sind. Denn gemeinsam können wir die Magie von Weihnachten noch intensiver erleben und uns daran erinnern, was es bedeutet, füreinander da zu sein.

Ein Hauch von Weihnachten: 30 besinnliche Geschichten für Erwachsene ist eine Sammlung von Erzählungen, die genau solche Momente der Verbundenheit und des Zusammenhalts feiert. Tauchen Sie ein in die Welt der Weihnachtsgeschichten für Erwachsene und lassen Sie sich von den Geschichten inspirieren, die das Herz berühren und den Geist beleben. Genießen Sie die Feiertage in der Gesellschaft von alten und neuen Freunden und lassen Sie sich von der Magie des Weihnachtsfestes verzaubern.

Ein herzliches Wiedersehen mit der Familie

Ein Hauch von Weihnachten: Besinnliche Geschichten für Erwachsene

Es war endlich wieder Weihnachtszeit - die Zeit der Besinnung, des Zusammenkommens und des Wiedersehens mit der Familie. Für viele Menschen in weihnachtlicher Stimmung ist dies einer der schönsten und bedeutungsvollsten Momente des Jahres.

In der hektischen Welt von heute, in der wir oft in verschiedene Richtungen gezogen werden, ist es umso wichtiger, diese besonderen Momente zu schätzen und zu genießen. Die Weihnachtszeit gibt uns die Möglichkeit, uns auf das Wesentliche zu besinnen und unsere Lieben um uns herum zu spüren.

Ein herzliches Wiedersehen mit der Familie ist ein Moment voller Freude, Erinnerungen und Liebe. Es ist die Zeit, in der wir uns gegenseitig in die Arme schließen, lange vermisste Gesichter wiedersehen und gemeinsam die Magie der Weihnachtszeit erleben. Es sind die Momente, in denen wir uns bewusst werden, wie wichtig und wertvoll unsere Familie für uns ist.

Ein Hauch von Weihnachten: Besinnliche Geschichten für Erwachsene

Das Wiedersehen mit der Familie kann viele Formen annehmen - sei es bei einem festlichen Weihnachtsessen, beim Dekorieren des Weihnachtsbaums oder beim gemeinsamen Singen von Weihnachtsliedern. Jede Familie hat ihre eigenen Traditionen und Rituale, die diesen Moment einzigartig machen.

Es ist auch eine Zeit des Austauschs, des Erzählens von Geschichten und des Lachens. Gemeinsam erinnern wir uns an vergangene Weihnachten, teilen unsere Erlebnisse des Jahres und schmieden Pläne für die Zukunft. Es ist eine Zeit des Zusammenhalts und der Verbundenheit.

Ein herzliches Wiedersehen mit der Familie erfüllt uns mit Wärme und Geborgenheit. Es lässt uns den Alltagsstress vergessen und erinnert uns daran, was wirklich zählt. In diesen Momenten spüren wir die wahre Bedeutung von Weihnachten - Liebe, Zusammenhalt und das Glück, Zeit mit unseren Liebsten zu verbringen.

Ein Hauch von Weihnachten: Besinnliche Geschichten für Erwachsene

In "Ein Hauch von Weihnachten: 30 besinnliche Geschichten für Erwachsene" finden Sie verschiedene Geschichten, die von herzlichen Wiedersehen mit der Familie erzählen. Diese Geschichten werden Sie in weihnachtliche Stimmung versetzen und Ihnen die Magie dieser besonderen Zeit näherbringen. Tauchen Sie ein in die Geschichten und lassen Sie sich von der Wärme und Liebe, die ein herzliches Wiedersehen mit der Familie mit sich bringt, berühren.

Kapitel 3: Liebe und Romantik zur Weihnachtszeit

Ein verzauberter Heiratsantrag an Heiligabend

Die kalte Winterluft füllte die Straßen der kleinen Stadt, als sich die Menschen in weihnachtlicher Stimmung versammelten, um die festliche Atmosphäre zu genießen. Überall strahlten Lichter und der Duft von Lebkuchen und Tannenbäumen lag in der Luft. Doch für Anna war Weihnachten in diesem Jahr etwas ganz Besonderes.

Ein Hauch von Weihnachten: Besinnliche Geschichten für Erwachsene

Sie hatte seit langem auf diesen Heiligabend gewartet, denn ihr Freund Markus hatte ihr versprochen, ihr an diesem magischen Abend einen Antrag zu machen. Die Vorfreude ließ ihr Herz höher schlagen, während sie sich in ihrem warmen Mantel in die Menschenmenge mischte.

Der Weihnachtsmarkt war wunderschön geschmückt, und Anna konnte kaum glauben, wie romantisch alles aussah. Die Lichter glitzerten wie Sterne am dunklen Himmel und der Schnee, der leise vom Himmel fiel, verwandelte die Stadt in ein Winterwunderland.

Als Anna und Markus sich schließlich trafen, spürte sie, wie die Aufregung in ihr aufstieg. Sie hielten Händchen und schlenderten durch die verzauberte Straße, während sie die festliche Atmosphäre genossen.

Ein Hauch von Weihnachten: Besinnliche Geschichten für Erwachsene

Plötzlich blieb Markus stehen und Anna spürte, wie ihr Herz zu rasen begann. Er nahm ihre Hand und führte sie zu einem beleuchteten Pavillon, der mit roten Weihnachtskugeln geschmückt war. In der Mitte des Pavillons stand ein funkelnder Weihnachtsbaum, der wie aus einem Märchen zu sein schien.

Mit zitternder Stimme sagte Markus: "Anna, du bist die Liebe meines Lebens. Seit dem Tag, an dem ich dich kennengelernt habe, wusste ich, dass du die Eine bist. Willst du mich heiraten?"

Tränen der Freude strömten über Annas Gesicht, während sie nur noch ein einfaches "Ja!" hervorbringen konnte. Die Menschen um sie herum applaudierten und jubelten, als Markus ihr den Verlobungsring ansteckte.

Dieser Heiligabend würde für immer in ihrer Erinnerung bleiben - ein verzauberter Heiratsantrag, der ihre Liebe inmitten der weihnachtlichen Stimmung besiegelte.

Ein Hauch von Weihnachten: Besinnliche Geschichten für Erwachsene

Die Suche nach der wahren Liebe unter dem Mistelzweig

Es ist eine kalte Winternacht, als Anna durch die verschneiten Straßen der Stadt schlendert. Der Duft von Glühwein und Zimt liegt in der Luft und überall sind die Lichter der Weihnachtsdekoration zu sehen. Es ist diese besondere Zeit im Jahr, in der die Menschen ihre Herzen öffnen und nach Liebe suchen.

Anna ist eine junge Frau, die sich nach der wahren Liebe sehnt. Sie hat viele enttäuschende Beziehungen hinter sich und spürt, dass etwas in ihrem Leben fehlt. An diesem Abend beschließt sie, ihrem Herzen zu folgen und den Zauber der Weihnacht zu nutzen, um die Liebe zu finden, die sie so sehr vermisst.

Auf einer Weihnachtsfeier begegnet Anna einem Mann namens David. Er ist charmant und hat ein warmes Lächeln, das ihr Herz höher schlagen lässt. Die beiden verbringen den Abend in angeregten Gesprächen und lachen viel. Als sie unter dem Mistelzweig stehen, spüren sie eine magische Verbindung zwischen sich.

Ein Hauch von Weihnachten: Besinnliche Geschichten für Erwachsene

In den nächsten Wochen verbringen Anna und David viel Zeit miteinander. Sie lernen sich besser kennen und entdecken immer mehr Gemeinsamkeiten. Es scheint, als hätten sie sich schon lange gekannt. Die Weihnachtszeit verstärkt ihre Gefühle füreinander und sie erkennen, dass sie die wahre Liebe gefunden haben.

Unter dem funkelnden Lichtermeer des Weihnachtsbaums gestehen sich Anna und David ihre Liebe. Es ist ein Moment voller Glück und Hoffnung. Die Suche nach der wahren Liebe hat endlich ein Ende gefunden.

Die Geschichte von Anna und David erinnert uns daran, dass Weihnachten nicht nur Geschenke und festliche Dekorationen bedeutet, sondern auch die Zeit ist, um sich auf das Wesentliche zu besinnen. Es ist eine Zeit der Liebe, des Gebens und des Miteinanders.

In dieser besonderen Zeit des Jahres, wenn der Schnee fällt und die Lichter glitzern, können wir alle die Hoffnung in unseren Herzen tragen, dass wir die wahre Liebe finden werden. Denn unter dem Mistelzweig wartet sie vielleicht schon auf uns.

Ein Hauch von Weihnachten: Besinnliche Geschichten für Erwachsene

Eine unerwartete Liebesgeschichte am Weihnachtsfeuer

Die kalte Winternacht senkte sich über das kleine verschneite Dorf. Die Menschen waren in weihnachtlicher Stimmung und versammelten sich um das wärmende Feuer auf dem Marktplatz. Die funkelnden Lichter der geschmückten Tannenbäume tauchten den Platz in ein magisches Leuchten.

Inmitten der fröhlichen Gesellschaft saß Laura, eine junge Frau, deren Herz von vergangenen Enttäuschungen schwer belastet war. Sie hatte die Hoffnung auf Liebe fast aufgegeben, bis sie an diesem besonderen Abend jemanden traf, der ihr Leben für immer verändern sollte.

Sein Name war Markus, ein charmanter und einfühlsamer Mann, der ebenfalls sein Päckchen an verletzten Gefühlen mit sich trug. Als ihre Blicke sich trafen, spürten sie sofort eine tiefe Verbundenheit. Sie begannen, über ihre gemeinsame Liebe zur Weihnachtszeit zu sprechen und die Geschichten, die sie in ihrem Leben geprägt hatten.

Ein Hauch von Weihnachten: Besinnliche Geschichten für Erwachsene

Im Schein des Feuers verloren sie die Zeit aus den Augen und tauchten ein in eine Welt voller Vertrauen und Verständnis. Sie erzählten sich von vergangenen Weihnachtsfesten, von einsamen Momenten und von der Hoffnung, dass das Glück auch für sie noch kommen würde.

Als die Nacht voranschritt und die Flammen langsam erloschen, wussten Laura und Markus, dass sie etwas Besonderes gefunden hatten. In ihren Augen spiegelte sich die Gewissheit wider, dass sie zusammen die Magie des Weihnachtsfestes neu entdecken konnten.

In den folgenden Jahren feierten Laura und Markus Weihnachten Seite an Seite. Sie schmückten gemeinsam den Baum, teilten lachend Geschenke aus und genossen das Fest der Liebe in vollen Zügen. Die unerwartete Begegnung am Weihnachtsfeuer hatte ihre Herzen geöffnet und ihnen eine unvergessliche Liebesgeschichte beschert.

Ein Hauch von Weihnachten: Besinnliche Geschichten für Erwachsene

Diese Geschichte erzählt uns, dass das Schicksal manchmal unerwartet zuschlägt und uns genau zur richtigen Zeit die richtige Person schickt. In der Weihnachtszeit, wenn die Herzen offen sind und die Magie in der Luft liegt, geschehen manchmal die schönsten Wunder.

Das Wunder der Versöhnung an Weihnachten

Die Weihnachtszeit ist eine Zeit der Freude, der Liebe und des Friedens. Inmitten des hektischen Alltags kehrt an Weihnachten eine besondere Atmosphäre ein, die uns dazu einlädt, innezuhalten und uns auf das Wesentliche zu besinnen. Es ist die Zeit, in der wir uns auf das Miteinander und auf die Versöhnung besinnen.

In der Geschichte von "Ein Hauch von Weihnachten: 30 besinnliche Geschichten für Erwachsene" möchten wir Ihnen eine wahre Begebenheit erzählen, die das Wunder der Versöhnung an Weihnachten auf wunderbare Weise verdeutlicht.

Ein Hauch von Weihnachten: Besinnliche Geschichten für Erwachsene

Es war einmal eine Familie, die seit Jahren im Streit miteinander lebte. Die Geschwister hatten sich zerstritten, die Eltern hatten den Kontakt zu ihren Kindern verloren. Die Weihnachtsfeste vergingen mit Schweigen und starren Blicken.

Doch eines Jahres geschah etwas Unerwartetes. In der Nacht vor Heiligabend bekam die älteste Tochter einen Anruf. Es war ihr jüngster Bruder, der mit zittriger Stimme von einem schlimmen Unfall berichtete. Plötzlich rückte der Streit in den Hintergrund und die Familie kam zusammen, um ihrem verletzten Bruder beizustehen.

In den kommenden Tagen und Wochen veränderte sich etwas in der Familie. Die Verletzungen und der Groll wurden durch die Sorge und die Liebe füreinander überwunden. Sie erkannten, dass das Leben zu kostbar war, um es im Streit zu verbringen.

Ein Hauch von Weihnachten: Besinnliche Geschichten für Erwachsene

An Heiligabend versammelte sich die Familie um den festlich geschmückten Tisch. Die Kerzen flackerten und der Duft von Tannengrün erfüllte den Raum. Sie erinnerten sich an vergangene Weihnachtsfeste, an die glücklichen Momente, die sie gemeinsam erlebt hatten.

In diesem Moment der Besinnung und des Friedens geschah das Wunder der Versöhnung. Die Geschwister umarmten sich, die Eltern und Kinder fanden wieder zueinander. Die Liebe und der Zusammenhalt der Familie waren stärker als der jahrelange Streit.

Diese Geschichte erinnert uns daran, dass Weihnachten eine Zeit der Vergebung und des Neuanfangs ist. Es ist nie zu spät, um alte Wunden zu heilen und sich zu versöhnen. In der Weihnachtszeit haben wir die Möglichkeit, uns auf das Wesentliche zu besinnen und die Liebe in unseren Herzen wiederzuentdecken.

Möge dieses Wunder der Versöhnung auch in Ihrem Herzen stattfinden und Ihnen ein gesegnetes Weihnachtsfest bescheren. In der Hoffnung auf eine Welt, in der Frieden und Liebe regieren, wünschen wir Ihnen eine wundervolle Weihnachtszeit.

Kapitel 4: Die Bedeutung von Traditionen

Das Geheimnis des Weihnachtsessens

In der Weihnachtszeit gibt es viele Traditionen, die uns auf besondere Weise auf das Fest einstimmen. Eine davon ist das Weihnachtsessen, das jedes Jahr mit großer Vorfreude erwartet wird. Doch was macht dieses Essen so besonders? Was ist das Geheimnis, das uns Jahr für Jahr in weihnachtliche Stimmung versetzt?

Ein Hauch von Weihnachten: Besinnliche Geschichten für Erwachsene

Das Geheimnis liegt nicht nur im Geschmack der Speisen, sondern vor allem in der Bedeutung, die wir ihnen beimessen. Das Weihnachtsessen ist mehr als nur eine Mahlzeit, es ist ein Symbol für Gemeinschaft und Zusammengehörigkeit. Es ist der Moment, in dem wir uns bewusst Zeit nehmen, um mit unseren Liebsten zusammenzukommen und das vergangene Jahr Revue passieren zu lassen.

Die Auswahl der Gerichte spielt ebenfalls eine wichtige Rolle. Jede Familie hat ihre eigenen traditionellen Rezepte, die von Generation zu Generation weitergegeben werden. Es sind diese besonderen Köstlichkeiten, die uns an vergangene Weihnachtsfeste erinnern und uns ein Gefühl von Geborgenheit vermitteln. Egal ob Gänsebraten, Stollen oder Plätzchen - jedes Gericht hat seine eigene Geschichte und bringt uns näher zusammen.

Ein Hauch von Weihnachten: Besinnliche Geschichten für Erwachsene

Aber das Geheimnis des Weihnachtsessens liegt nicht nur in den Speisen selbst, sondern auch in den gemeinsamen Vorbereitungen. Das Kochen und Backen wird zur gemeinsamen Aktivität, bei der alle mit anpacken und sich einbringen. Es entsteht eine Atmosphäre der Vorfreude und des Zusammenhalts, die uns noch einmal mehr in weihnachtliche Stimmung versetzt.

Und so sitzen wir schließlich alle gemeinsam am festlich geschmückten Tisch, umgeben von Kerzenschein und weihnachtlicher Musik. Wir genießen nicht nur das Essen, sondern vor allem die kostbaren Momente der Gemeinsamkeit. Das Weihnachtsessen wird zu einem Symbol für Liebe, Freude und Dankbarkeit.

Das Geheimnis des Weihnachtsessens liegt also nicht nur in den kulinarischen Köstlichkeiten, sondern vor allem in der Bedeutung, die wir diesem gemeinsamen Ritual beimessen. Es verbindet uns miteinander, lässt uns zur Ruhe kommen und erfüllt uns mit einem warmen Gefühl von Weihnachten.

Die Kraft der Weihnachtsmusik

Ein Hauch von Weihnachten: Besinnliche Geschichten für Erwachsene

In der besinnlichen Jahreszeit erfüllt die Weihnachtsmusik unsere Herzen mit Freude und Wärme. Sie schafft eine einzigartige Atmosphäre, die uns in Weihnachtsstimmung versetzt und uns mit Erinnerungen und Emotionen überflutet. Die Melodien und Texte verbinden uns mit den Traditionen und Bräuchen, die wir seit unserer Kindheit kennen und lieben.

Die Kraft der Weihnachtsmusik liegt in ihrer Fähigkeit, uns zu verbinden und uns auf eine Reise durch die Vergangenheit zu schicken. Sie weckt Erinnerungen an fröhliche Familienfeiern, das Lachen der Kinder, den Duft von frisch gebackenen Plätzchen und das Knistern des Kaminfeuers. Sie erinnert uns daran, wie wichtig es ist, Zeit mit unseren Liebsten zu verbringen und die kleinen Freuden des Lebens zu schätzen.

Ein Hauch von Weihnachten: Besinnliche Geschichten für Erwachsene

Die Weihnachtsmusik hat auch eine therapeutische Wirkung auf unsere Seele. In Momenten der Einsamkeit oder Traurigkeit kann sie uns Trost und Hoffnung schenken. Sie erinnert uns daran, dass wir nicht allein sind und dass es immer einen Grund gibt, optimistisch zu bleiben. Die Melodien berühren unsere Herzen und lassen uns die Magie der Weihnachtszeit spüren.

Ob es nun die fröhlichen Klänge von "Jingle Bells" sind oder die ergreifende Schönheit von "Stille Nacht, heilige Nacht", die Weihnachtsmusik hat die Fähigkeit, uns zu bewegen und zu inspirieren. Sie erfüllt unsere Herzen mit einer unbeschreiblichen Freude und lässt uns den Stress und die Hektik des Alltags vergessen.

Ein Hauch von Weihnachten: Besinnliche Geschichten für Erwachsene

In diesem Buch "Ein Hauch von Weihnachten: 30 besinnliche Geschichten für Erwachsene" finden Sie 30 Weihnachtsgeschichten, die von der Kraft der Weihnachtsmusik inspiriert sind. Tauchen Sie ein in die wundervolle Welt der Weihnacht und lassen Sie sich von den Geschichten verzaubern. Spüren Sie die Magie der Weihnachtsmusik und lassen Sie sich von ihr in eine Welt voller Liebe, Hoffnung und Frieden entführen.

Machen Sie es sich gemütlich, schalten Sie Ihre Lieblingsweihnachtslieder ein und genießen Sie die besinnliche Zeit. Lassen Sie die Kraft der Weihnachtsmusik Ihr Herz berühren und Ihre Seele erfüllen. Frohe Weihnachten!

Das Erbe der Weihnachtsbäckerei

In der kalten Winterluft liegt ein Hauch von Zimt und Nelken. Die Straßen sind mit funkelnden Lichtern geschmückt und der Duft von frisch gebackenen Plätzchen erfüllt die Häuser. Es ist die Zeit der Weihnachtsbäckerei, eine Tradition, die von Generation zu Generation weitergegeben wird.

Ein Hauch von Weihnachten: Besinnliche Geschichten für Erwachsene

In der Familie Müller ist das Backen von Weihnachtsplätzchen ein Erbe, das seit vielen Jahren gepflegt wird. Schon als kleines Mädchen stand Marie mit ihrer Großmutter in der Küche und half dabei, den Teig auszurollen und die verschiedenen Formen auszustechen. Gemeinsam verzierten sie die Plätzchen mit buntem Zuckerguss und Streuseln. Es war ein magischer Moment, wenn der Duft von frisch gebackenen Leckereien das ganze Haus erfüllte.

Als Marie erwachsen wurde, übernahm sie die Verantwortung für die Weihnachtsbäckerei. Sie experimentierte mit neuen Rezepten und fügte ihrer Großmutter Ehre, indem sie die alten Familienrezepte weiterführte. Jedes Jahr lud sie ihre Freunde und Verwandten ein, um mit ihnen die Tradition des gemeinsamen Backens zu pflegen. Es war eine Zeit des Zusammenseins, des Lachens und der Vorfreude auf das bevorstehende Weihnachtsfest.

Ein Hauch von Weihnachten: Besinnliche Geschichten für Erwachsene

In diesem Jahr ist Marie besonders aufgeregt, denn sie erwartet ihr erstes Kind. Sie kann es kaum erwarten, die Tradition der Weihnachtsbäckerei an ihr Kind weiterzugeben und die Freude am Backen und Teilen von Plätzchen zu teilen. Es wird ein besonderes Weihnachten werden, in dem das Erbe der Weihnachtsbäckerei eine neue Bedeutung erhält.

Die Weihnachtsbäckerei ist mehr als nur das Backen von Plätzchen. Es ist eine Tradition, die die Menschen zusammenbringt und ihnen ein Gefühl von Geborgenheit und Wärme gibt. In der hektischen Weihnachtszeit erinnert sie uns daran, die einfachen Freuden des Lebens zu schätzen und die Magie des Augenblicks zu erleben.

So öffnet Marie die Tür zu ihrer Weihnachtsbäckerei und lädt alle Menschen in weihnachtlicher Stimmung ein, sich dem Duft von Zimt und Nelken hinzugeben und das Erbe der Weihnachtsbäckerei mit ihr zu teilen. Denn in dieser magischen Zeit des Jahres zählt vor allem eins: die Liebe und das Teilen von besonderen Momenten mit den Menschen, die uns am Herzen liegen.

Ein Hauch von Weihnachten: Besinnliche Geschichten für Erwachsene

Die Freude am Schenken und Beschenktwerden

In der Weihnachtszeit gibt es kaum etwas Schöneres als die Freude am Schenken und Beschenktwerden. Das Gefühl, jemandem eine Freude zu machen, ist unvergleichlich. Und auch das Gefühl, selbst beschenkt zu werden, erfüllt das Herz mit Wärme und Glück.

Es ist nicht nur das Auspacken der Geschenke, das uns so viel Freude bringt. Es ist vielmehr die Aufmerksamkeit, die hinter jedem Geschenk steckt. Die Zeit, die jemand investiert hat, um das perfekte Geschenk auszusuchen, zeigt, wie wichtig wir dieser Person sind. Es zeigt uns, dass wir geliebt und geschätzt werden.

Und auch das Schenken selbst ist eine wundervolle Erfahrung. Die Suche nach dem passenden Geschenk, das Überlegen, was demjenigen eine Freude machen könnte, all das lässt unser Herz höher schlagen. Denn wir wissen, dass wir jemandem damit eine große Freude bereiten können.

Ein Hauch von Weihnachten: Besinnliche Geschichten für Erwachsene

Doch die wahre Freude liegt nicht nur im Schenken, sondern auch im Beschenktwerden. Wenn wir ein Geschenk erhalten, spüren wir die Liebe und Wertschätzung, die uns entgegengebracht wird. Es erfüllt uns mit Dankbarkeit und zaubert ein Lächeln auf unser Gesicht.

Besonders in der Weihnachtszeit, wenn die Familie und Freunde zusammenkommen, wird die Freude am Schenken und Beschenktwerden intensiv erlebt. Gemeinsam werden Geschenke ausgetauscht, die Herzen werden geöffnet und die Liebe wird spürbar.

Es sind nicht die materiellen Dinge, die uns glücklich machen, sondern die zwischenmenschlichen Beziehungen, die durch das Schenken gestärkt werden. Es geht um die Liebe, die wir teilen, die Zeit, die wir miteinander verbringen und die Freude, die wir einander bereiten.

In der Weihnachtszeit sollten wir uns daran erinnern, dass das Schenken mehr ist als nur der Austausch von Geschenken. Es ist eine Geste der Liebe, des Mitgefühls und der Verbundenheit. Lasst uns diese besondere Zeit nutzen, um unsere Herzen füreinander zu öffnen und die wahre Freude am Schenken und Beschenktwerden zu erleben.

Ein Hauch von Weihnachten: Besinnliche Geschichten für Erwachsene

Kapitel 5: Besinnlichkeit und Nachdenklichkeit

Eine stille Nacht der Reflektion

Die Weihnachtszeit ist eine Zeit der Besinnung und des Innehaltens. Während draußen die eisige Kälte herrscht und die Schneeflocken sanft vom Himmel fallen, kehrt in den Herzen der Menschen eine warme Ruhe ein. Es ist die Zeit des Jahres, in der wir uns Zeit nehmen, um innezuhalten und über das vergangene Jahr nachzudenken.

In dieser stillen Nacht der Reflektion können wir uns zurücklehnen und über die Höhen und Tiefen nachdenken, die uns in den vergangenen Monaten begleitet haben. Es ist eine Zeit des Rückblicks, aber auch der Neuausrichtung. Wir nehmen uns vor, im kommenden Jahr besser auf uns selbst und unsere Bedürfnisse zu achten.

Ein Hauch von Weihnachten: Besinnliche Geschichten für Erwachsene

Während wir vor dem Kamin sitzen und das Knistern des Feuers hören, können wir unsere Gedanken sortieren und uns auf das Wesentliche besinnen. Die Hektik des Alltags tritt in den Hintergrund und wir nehmen uns Zeit für uns selbst. Wir denken an die Menschen, die uns am Herzen liegen, und senden ihnen stille Grüße.

Diese stille Nacht der Reflektion erlaubt es uns auch, unsere Ziele und Träume für das kommende Jahr zu überdenken. Welche Wünsche haben wir? Was möchten wir erreichen? In dieser besinnlichen Zeit haben wir die Möglichkeit, uns bewusst zu machen, was wirklich wichtig ist und welche Schritte wir unternehmen müssen, um unsere Ziele zu verwirklichen.

Lasst uns diese stille Nacht der Reflektion nutzen, um uns auf das Wesentliche zu besinnen und unsere Herzen mit Dankbarkeit zu füllen. Möge der Zauber der Weihnachtszeit unsere Gedanken erhellen und uns mit neuer Energie und Hoffnung erfüllen.

Ein Hauch von Weihnachten: Besinnliche Geschichten für Erwachsene

In dieser ruhigen und besinnlichen Atmosphäre können wir unsere Batterien aufladen und gestärkt ins neue Jahr starten. Möge diese stille Nacht der Reflektion uns daran erinnern, dass es inmitten des Trubels und der Geschenke das größte Geschenk von allen gibt: die Liebe und Verbundenheit zu unseren Mitmenschen.

In dieser Nacht nehmen wir uns Zeit für uns selbst und für die Menschen, die uns am Herzen liegen. Wir senden ihnen stille Grüße und wünschen ihnen ein frohes und besinnliches Weihnachtsfest.

Eine stille Nacht der Reflektion - eine Einladung, innezuhalten und das Jahr in Ruhe Revue passieren zu lassen. Lassen Sie uns diese Zeit nutzen, um uns auf das Wesentliche zu besinnen und mit neuer Kraft ins neue Jahr zu starten.

Die Bedeutung des Gebens an Bedürftige

Ein Hauch von Weihnachten: Besinnliche Geschichten für Erwachsene

In der Weihnachtszeit dreht sich alles um Liebe, Freude und Großzügigkeit. Es ist eine Zeit, in der wir uns gegenseitig beschenken und unsere Herzen für diejenigen öffnen, die weniger Glück haben als wir. Die Bedeutung des Gebens an Bedürftige geht über materielle Dinge hinaus und berührt die Essenz des Weihnachtsgeistes.

Wenn wir uns entscheiden, Bedürftigen zu helfen, zeigen wir Mitgefühl und Nächstenliebe. Indem wir unsere Zeit, unser Geld oder unsere Ressourcen teilen, schenken wir nicht nur materielle Unterstützung, sondern auch Hoffnung und Trost. In einer Welt, die oft von Egoismus und Individualismus geprägt ist, rücken wir näher zusammen und erinnern uns daran, dass wir alle Teil einer Gemeinschaft sind.

Das Geben an Bedürftige erfüllt nicht nur diejenigen, die Hilfe erhalten, sondern auch diejenigen, die geben. Es erinnert uns daran, wie viel wir haben und wie dankbar wir sein sollten. Es erinnert uns auch daran, dass die größte Freude darin besteht, anderen zu helfen und ihnen ein Lächeln aufs Gesicht zu zaubern.

Ein Hauch von Weihnachten: Besinnliche Geschichten für Erwachsene

In unserer hektischen Welt kann die Bedeutung des Gebens an Bedürftige leicht vergessen werden. Wir sind oft so sehr damit beschäftigt, unsere eigenen Bedürfnisse zu erfüllen, dass wir diejenigen, die unsere Unterstützung am meisten benötigen, übersehen. Doch gerade in der Weihnachtszeit sollten wir uns bewusst machen, wie wichtig es ist, unsere Herzen zu öffnen und anderen zu helfen.

Lasst uns das Wunder der Weihnacht feiern, indem wir großzügig sind und anderen in ihrer Not beistehen. Egal, ob es darum geht, Lebensmittel an Obdachlose zu verteilen, Spielzeug für bedürftige Kinder zu sammeln oder Zeit mit einsamen älteren Menschen zu verbringen - jede Geste des Gebens zählt.

Ein Hauch von Weihnachten: Besinnliche Geschichten für Erwachsene

Die Bedeutung des Gebens an Bedürftige liegt nicht nur darin, das Leid anderer zu lindern, sondern auch darin, unsere Verbindung zu anderen Menschen zu stärken und unsere eigene Menschlichkeit zu bewahren. Lasst uns in dieser Weihnachtszeit zusammenkommen und gemeinsam die wahre Bedeutung von Mitgefühl und Großzügigkeit erleben.

Das Licht in der Dunkelheit: Hoffnung an Weihnachten

In der dunkelsten Zeit des Jahres erstrahlt ein besonderes Licht: die Weihnachtszeit. Während die Tage kürzer werden und die Nächte länger, verbreitet sich eine ganz eigene Magie in der Luft. Die Menschen sind in weihnachtlicher Stimmung - sie sehnen sich nach Wärme, Geborgenheit und Hoffnung.

Ein Hauch von Weihnachten: Besinnliche Geschichten für Erwachsene

In dem Buch "Ein Hauch von Weihnachten: 30 besinnliche Geschichten für Erwachsene" finden diese Menschen genau das, wonach sie suchen. Diese Sammlung von Weihnachtsgeschichten ist speziell für Erwachsene geschrieben und erzählt von den kleinen Wundern, die sich in der Adventszeit ereignen können.

In dem subkapitel "Das Licht in der Dunkelheit: Hoffnung an Weihnachten" stehen die Geschichten im Zeichen des Lichts. Sie erinnern uns daran, dass die Dunkelheit nicht für immer währt und dass Hoffnung selbst in den schwierigsten Zeiten zu finden ist. Jede Geschichte erzählt von Menschen, die auf unterschiedliche Weise mit Herausforderungen konfrontiert sind und trotzdem den Glauben an das Gute bewahren.

Ein Hauch von Weihnachten: Besinnliche Geschichten für Erwachsene

Diese Erzählungen handeln von der Kraft der Gemeinschaft und der Bedeutung von Mitgefühl. Sie erzählen von Menschen, die einander unterstützen und Hoffnung schenken, sei es durch kleine Gesten oder tiefe emotionale Verbindungen. Die Geschichten zeigen, dass Weihnachten nicht nur ein Fest der Geschenke ist, sondern vor allem ein Fest der Liebe und des Zusammenhalts.

"Das Licht in der Dunkelheit: Hoffnung an Weihnachten" ist ein subkapitel, das den Lesern in schwierigen Zeiten Trost spendet und sie daran erinnert, dass auch in der Dunkelheit ein Licht leuchtet. Es zeigt auf, dass Weihnachten eine Zeit der Hoffnung ist, die uns daran erinnert, dass selbst in den dunkelsten Momenten das Gute und die Liebe siegen können.

Für Menschen in weihnachtlicher Stimmung ist dieses subkapitel eine Quelle der Inspiration und eine Erinnerung daran, dass Hoffnung und Licht immer vorhanden sind - selbst in den schwersten Zeiten. Tauchen Sie ein in diese Geschichten und lassen Sie sich von der Magie der Weihnachtszeit verzaubern.

Ein Hauch von Weihnachten: Besinnliche Geschichten für Erwachsene

Das Fest der Dankbarkeit und des Friedens

In der hektischen Vorweihnachtszeit ist es oft schwer, die wahre Bedeutung von Weihnachten zu erkennen. Doch inmitten des Trubels und des Einkaufsstresses gibt es einen besonderen Tag, der die Menschen zur Besinnung und zur Dankbarkeit aufruft – das Fest der Dankbarkeit und des Friedens.

An diesem Tag kommen Familien und Freunde zusammen, um gemeinsam zu feiern und sich an den Segen und die Freuden des vergangenen Jahres zu erinnern. Es ist ein Moment der Stille und des Innehaltens, um das Leben und die Liebe zu feiern, die uns umgeben.

Die Geschichte dieses Festes reicht weit zurück in die Vergangenheit. Es erzählt von einer Zeit, in der die Menschen sich bewusst wurden, wie wichtig es ist, dem Leben mit Demut und Dankbarkeit zu begegnen. Sie erkannten die Bedeutung von Frieden und Harmonie in einer Welt voller Herausforderungen und Schwierigkeiten.

Ein Hauch von Weihnachten: Besinnliche Geschichten für Erwachsene

Das Fest der Dankbarkeit und des Friedens ist ein Tag, an dem man sich Zeit nimmt, um all jenen Menschen zu danken, die uns im vergangenen Jahr unterstützt und begleitet haben. Es ist ein Moment der Wertschätzung und des Mitgefühls, in dem wir uns bewusst machen, wie viel wir anderen schulden.

In dieser hektischen Welt, in der wir leben, ist es leicht, die kleinen Dinge zu übersehen, die unser Leben so besonders machen. Das Fest der Dankbarkeit und des Friedens erinnert uns daran, dass wir jeden Tag Grund haben, dankbar zu sein – für die Liebe unserer Familie, für die Freundschaften, die uns stärken, und für die kleinen Wunder, die uns umgeben.

Lasst uns an diesem Tag die Hektik hinter uns lassen und uns auf das Wesentliche besinnen. Lasst uns unsere Herzen öffnen für die Liebe und den Frieden, die uns umgeben. Lasst uns dankbar sein für das, was wir haben, und großzügig gegenüber jenen sein, die weniger Glück haben.

Ein Hauch von Weihnachten: Besinnliche Geschichten für Erwachsene

Das Fest der Dankbarkeit und des Friedens erinnert uns daran, dass Weihnachten mehr ist als Geschenke und Konsum. Es ist eine Zeit der Besinnung, des Zusammenhalts und der Liebe. Lasst uns diese kostbare Zeit gemeinsam feiern und die wahre Bedeutung von Weihnachten wiederentdecken.

Kapitel 6: Die Magie von Weihnachtstraditionen aus aller Welt

Weihnachten in fernen Ländern: Ein Blick über den Tellerrand

Weihnachten ist eine Zeit der Freude und des Friedens, die wir oft im Kreise unserer Lieben verbringen. Doch wie wird Weihnachten eigentlich in fernen Ländern gefeiert? Werfen wir einen Blick über den Tellerrand und entdecken wir die vielfältigen Bräuche und Traditionen, die in verschiedenen Teilen der Welt zu dieser besonderen Zeit stattfinden.

Ein Hauch von Weihnachten: Besinnliche Geschichten für Erwachsene

In Mexiko beispielsweise beginnt das Weihnachtsfest bereits neun Tage vor Heiligabend mit der sogenannten "Posadas". Dabei ziehen Menschen von Tür zu Tür und stellen die Suche von Maria und Josef nach einer Unterkunft dar. Es wird gesungen, gebetet und schließlich gemeinsam gefeiert. Eine besondere Spezialität sind die "Tamales", gefüllte Maismehlklöße, die zu Weihnachten traditionell zubereitet und genossen werden.

Ganz anders sieht es in Australien aus, wo Weihnachten mitten im Sommer stattfindet. Statt Schnee und Kälte gibt es hier Sonnenschein und Strand. Viele Australier feiern das Fest im Freien und genießen ein Barbecue am Strand. Auch der Weihnachtsmann trägt hier nicht seinen typischen roten Mantel, sondern eine Badehose und surft auf einer Welle.

Ein Hauch von Weihnachten: Besinnliche Geschichten für Erwachsene

Ein weiteres faszinierendes Beispiel ist Japan, wo Weihnachten zwar kein offizieller Feiertag ist, aber dennoch gefeiert wird. Hier ist es üblich, am Heiligabend Friedhöfe zu besuchen und Kerzen für die Verstorbenen anzuzünden. Zudem haben sich Weihnachtskuchen als beliebte Tradition etabliert, die von Familien gemeinsam genossen werden.

Diese kleinen Einblicke in Weihnachtsbräuche aus aller Welt zeigen, wie vielfältig und bunt das Fest der Liebe gefeiert wird. Ob in der Wüste von Mexiko, am Strand Australiens oder in den Tempeln Japans - die Menschen in fernen Ländern haben ihre ganz eigenen Traditionen, um die Geburt Jesu zu feiern.

Ein Hauch von Weihnachten: Besinnliche Geschichten für Erwachsene

Es ist faszinierend, wie unterschiedlich die Weihnachtszeit in verschiedenen Kulturen begangen wird. Es erinnert uns daran, dass Weihnachten universell ist und unabhängig von Sprache, Kultur oder Traditionen die gleiche Bedeutung hat: Liebe, Frieden und Zusammengehörigkeit. Möge diese Erkenntnis uns auch in unserer eigenen Weihnachtszeit begleiten und uns daran erinnern, was wirklich zählt.

Bräuche und Rituale: Wie andere Kulturen Weihnachten feiern

Weihnachten ist eine Zeit voller Traditionen und Rituale, die in jeder Kultur auf ihre eigene Weise gefeiert wird. In diesem Kapitel werfen wir einen Blick auf die unterschiedlichen Bräuche und Rituale rund um Weihnachten in verschiedenen Ländern und Kulturen.

Ein Hauch von Weihnachten: Besinnliche Geschichten für Erwachsene

Beginnen wir mit Schweden, wo Weihnachten als "Jul" bekannt ist. Hier ist es üblich, das Fest mit einem großen Festmahl zu feiern, bei dem traditionelle Gerichte wie gebeizter Lachs, Fleischbällchen und Julschinken serviert werden. Eine weitere interessante Tradition ist das "Julbock", ein aus Stroh geflochtener Ziegenbock, der als Symbol für den Weihnachtsmann dient.

In Mexiko wird Weihnachten mit einer neuntägigen Feier namens "Las Posadas" begangen. Jede Nacht stellen Familien eine Prozession nach, die die Suche von Maria und Josef nach einer Unterkunft darstellt. Am Ende der Prozession gibt es ein Festessen und die Kinder schlagen auf eine Piñata, um Süßigkeiten herauszubekommen.

In Japan wird Weihnachten nicht im religiösen Sinne gefeiert, sondern eher als romantischer Feiertag betrachtet. Es ist üblich, dass Paare romantische Abendessen genießen und sich gegenseitig Geschenke machen. Beliebte Weihnachtsdekorationen sind hier auch Weihnachtsbäume und Lichter.

Ein Hauch von Weihnachten: Besinnliche Geschichten für Erwachsene

Ein weiteres faszinierendes Weihnachtsritual findet in Island statt. Hier gibt es 13 Weihnachtsmänner, die als "Jólasveinar" bekannt sind. Jeder dieser Weihnachtsmänner hat eine besondere Eigenschaft und bringt den Kindern kleine Geschenke. Die Weihnachtsmänner beginnen ihre Besuche am 12. Dezember und gehen nacheinander bis zum Heiligen Abend.

Diese sind nur einige Beispiele dafür, wie Weihnachten in anderen Kulturen gefeiert wird. Es ist faszinierend zu sehen, wie unterschiedlich die Bräuche und Rituale sein können, aber dennoch die Freude und Festlichkeit dieser besonderen Zeit des Jahres zum Ausdruck bringen.

Egal, wie wir Weihnachten feiern, sollten wir uns daran erinnern, dass es eine Zeit der Liebe, des Friedens und der Zusammenkunft ist. Lasst uns die Vielfalt der Kulturen und ihre einzigartigen Weihnachtsbräuche feiern und uns von ihnen inspirieren lassen.

Genießen Sie die besinnliche Stimmung und lassen Sie sich von den 30 Weihnachtsgeschichten für Erwachsene in diesem Buch in die magische Welt von Weihnachten entführen. Frohe Weihnachten!

Ein Hauch von Weihnachten: Besinnliche Geschichten für Erwachsene

Die universelle Botschaft der Nächstenliebe zur Weihnachtszeit

In der hektischen Welt, in der wir leben, ist die Weihnachtszeit eine Zeit der Besinnung und des Innehaltens. Während die Tage kälter werden und die Straßen mit festlicher Dekoration geschmückt sind, erfüllt uns eine besondere Atmosphäre der Wärme und Geborgenheit.

Die Weihnachtszeit erinnert uns daran, dass Nächstenliebe und Mitgefühl universelle Werte sind, die keine Grenzen kennen. Es ist die Zeit, in der wir unsere Herzen öffnen und uns bewusst werden, dass wir alle Teil einer großen Gemeinschaft sind. Es spielt keine Rolle, welchen Glauben wir haben oder woher wir kommen - Liebe und Fürsorge sind das, was uns verbindet.

Ein Hauch von Weihnachten: Besinnliche Geschichten für Erwachsene

Inmitten des geschäftigen Treibens nehmen wir uns Zeit, um unseren Mitmenschen Gutes zu tun. Wir spenden für wohltätige Zwecke, besuchen Menschen in Not und teilen unsere Freude mit anderen. Denn die wahre Bedeutung von Weihnachten liegt nicht in den Geschenken, sondern in den kleinen Gesten der Freundlichkeit und der Unterstützung, die wir anderen entgegenbringen.

Die Nächstenliebe zur Weihnachtszeit geht über materielle Gaben hinaus. Sie bedeutet, füreinander da zu sein, ein offenes Ohr zu haben und ein Lächeln zu schenken. Es ist die Zeit, in der wir uns bewusst werden, dass jeder von uns das Potenzial hat, einen positiven Unterschied im Leben anderer Menschen zu machen.

In diesen 30 besinnlichen Weihnachtsgeschichten für Erwachsene finden Sie Inspiration und Ermutigung, Ihre eigene Nächstenliebe zu entfalten. Sie erzählen von Menschen, die ihre Herzen öffnen, um anderen zu helfen, von unerwarteten Begegnungen, die das Leben verändern, und von der Kraft der Gemeinschaft, die in der Weihnachtszeit besonders spürbar wird.

Ein Hauch von Weihnachten: Besinnliche Geschichten für Erwachsene

Tauchen Sie ein in die Weihnachtliche Stimmung und lassen Sie sich von diesen Geschichten berühren. Lassen Sie sich inspirieren, Ihre eigene universelle Botschaft der Nächstenliebe zu verbreiten. Denn Weihnachten ist nicht nur eine Zeit des Schenkens, sondern vor allem eine Zeit des Teilens und der Verbundenheit.

Wie verschiedene Traditionen unsere eigene Weihnachtsstimmung beeinflussen

In der weihnachtlichen Stimmung gibt es nichts Schöneres als das gemeinsame Feiern von Traditionen. Jede Familie hat ihre eigenen Bräuche und Rituale, die die Festtage zu etwas Besonderem machen. Doch was passiert, wenn unterschiedliche Traditionen aufeinandertreffen? Wie beeinflusst das unsere eigene Weihnachtsstimmung?

Ein Hauch von Weihnachten: Besinnliche Geschichten für Erwachsene

Die Vielfalt der Traditionen bringt eine ganz besondere Magie in die Weihnachtszeit. Während einige Familien den Weihnachtsbaum bereits Anfang Dezember schmücken, warten andere bis zum Heiligen Abend. Manche bevorzugen traditionelle Gerichte wie Gänsebraten und Stollen, während andere exotische Speisen aus aller Welt ausprobieren. Die Art und Weise, wie wir Weihnachten feiern, wird maßgeblich von unseren familiären und kulturellen Hintergründen geprägt.

Für Menschen in weihnachtlicher Stimmung ist es interessant, andere Traditionen kennenzulernen und sich davon inspirieren zu lassen. Manchmal kann es sogar zu einer Verschmelzung verschiedener Bräuche kommen, die zu etwas ganz Neuem und Einzigartigem führt. Eine Familie, in der zum Beispiel ein Partner aus einem anderen Land stammt, kann eine Kombination aus den Traditionen beider Kulturen schaffen und so eine ganz individuelle Weihnachtsstimmung schaffen.

Ein Hauch von Weihnachten: Besinnliche Geschichten für Erwachsene

Aber auch der Austausch mit anderen Menschen kann unsere eigene Weihnachtsstimmung beeinflussen. Durch das Erzählen von Geschichten und Erlebnissen lernen wir andere Sichtweisen und Rituale kennen, die uns in unserer eigenen Feier inspirieren können. Vielleicht entdecken wir eine neue Tradition, die wir gerne in unser eigenes Weihnachtsfest integrieren möchten.

Letztendlich ist es die Offenheit für andere Traditionen, die unsere eigene Weihnachtsstimmung bereichert. Indem wir uns für die Bräuche anderer Menschen interessieren und sie respektieren, öffnen wir unser Herz für die Vielfalt dieser besonderen Zeit. Es ist diese Vielfalt, die Weihnachten zu einem einzigartigen Fest macht und uns daran erinnert, dass wir alle Teil einer großen Gemeinschaft sind, die das Fest der Liebe und des Miteinanders feiert.

Ein Hauch von Weihnachten: Besinnliche Geschichten für Erwachsene

In "Ein Hauch von Weihnachten: 30 besinnliche Geschichten für Erwachsene" werden verschiedene Traditionen und ihre Auswirkungen auf unsere eigene Weihnachtsstimmung erkundet. Tauchen Sie ein in eine Welt voller Geschichten, die Sie inspirieren und zum Nachdenken anregen werden. Entdecken Sie die Magie verschiedener Traditionen und lassen Sie sich von ihnen in eine unvergessliche Weihnachtsstimmung versetzen.

Kapitel 7: Weihnachten im Wandel der Zeit

Weihnachten gestern und heute: Der Einfluss der modernen Welt

In der heutigen schnelllebigen und technologieorientierten Welt hat Weihnachten eine Transformation durchlaufen. Die traditionellen Bräuche und Rituale, die einst das Fest geprägt haben, sind nun von modernen Einflüssen durchdrungen. In diesem Kapitel werfen wir einen Blick auf die Veränderungen, die Weihnachten im Laufe der Zeit erfahren hat und wie die moderne Welt das Fest beeinflusst.

Ein Hauch von Weihnachten: Besinnliche Geschichten für Erwachsene

Früher, in der guten alten Zeit, war Weihnachten geprägt von Gemütlichkeit, Ruhe und Besinnlichkeit. Die Menschen verbrachten die Feiertage im Kreise ihrer Familie, umgeben von Kerzenschein und duftendem Tannengrün. Die Kinder bastelten selbstgemachte Geschenke und schrieben lange Wunschzettel an das Christkind. Die Weihnachtsmärkte waren ein Ort der Begegnung und des gemeinsamen Genießens von Lebkuchen, Glühwein und handgefertigten Geschenken.

Doch mit dem Einzug der modernen Welt hat sich auch Weihnachten verändert. Heutzutage sind die Wunschzettel digital und werden per E-Mail oder über soziale Medien verschickt. Die Kinder wünschen sich elektronische Geräte und High-Tech-Spielzeug. Die Weihnachtsmärkte sind größer und kommerzieller geworden, mit Fahrgeschäften und moderner Unterhaltung. Die Menschen hetzen durch die überfüllten Einkaufszentren, um das perfekte Geschenk zu finden, und vergessen oft den eigentlichen Sinn des Festes.

Ein Hauch von Weihnachten: Besinnliche Geschichten für Erwachsene

Aber trotz all dieser Veränderungen gibt es noch immer Menschen, die sich nach der traditionellen Weihnachtsstimmung sehnen. Sie suchen nach Möglichkeiten, die alten Bräuche zu bewahren und den Zauber von Weihnachten wiederzuentdecken. Sie backen Plätzchen nach alten Familienrezepten, schmücken den Weihnachtsbaum mit handgefertigtem Schmuck und nehmen sich Zeit für besinnliche Momente mit ihren Lieben.

Weihnachten gestern und heute bleibt ein Spiegelbild unserer Gesellschaft. Es ist eine Zeit des Wandels und der Anpassung, aber auch eine Zeit, um die Werte und Traditionen zu bewahren, die uns wichtig sind. In einer Welt, die von Hektik und Konsum geprägt ist, können wir Weihnachten nutzen, um innezuhalten, uns zu besinnen und die wahre Bedeutung des Festes wiederzuentdecken.

Die Herausforderungen des Weihnachtskonsums

Ein Hauch von Weihnachten: Besinnliche Geschichten für Erwachsene

In der heutigen Zeit ist der Weihnachtskonsum zu einer festen Tradition geworden. Die Vorfreude auf das Fest wird oft begleitet von einem regen Treiben in den Einkaufszentren und Geschäften. Doch während wir uns auf die Feierlichkeiten vorbereiten, sollten wir uns auch den Herausforderungen bewusst sein, die der Weihnachtskonsum mit sich bringt.

Eine der größten Herausforderungen ist zweifelsohne der finanzielle Aspekt. Die Geschenke, das Festessen, die Dekorationen - all das kann ins Geld gehen. Viele Menschen geraten unter Druck und fühlen sich verpflichtet, immer größere und teurere Geschenke zu kaufen. Dabei geht oft der eigentliche Sinn von Weihnachten verloren: das Zusammensein mit der Familie und das Teilen von Liebe und Freude.

Ein Hauch von Weihnachten: Besinnliche Geschichten für Erwachsene

Ein weiteres Problem ist die Umweltbelastung. Der massive Konsum von Geschenken führt zu einem enormen Ressourcenverbrauch und einer übermäßigen Produktion von Plastikmüll. In einer Zeit, in der der Klimawandel und die Nachhaltigkeit eine immer größere Rolle spielen, sollten wir uns bewusst machen, dass unser Konsumverhalten Auswirkungen auf die Umwelt hat. Es ist wichtig, nachhaltige Alternativen zu finden und bewusst einzukaufen.

Auch die Hektik und der Stress sind eine Herausforderung des Weihnachtskonsums. Das Einkaufen in überfüllten Geschäften, das Suchen nach dem perfekten Geschenk und die Organisation der Feierlichkeiten können zu einer großen Belastung führen. Es ist wichtig, sich bewusst Auszeiten zu nehmen und sich auf das Wesentliche zu besinnen. Weihnachten soll eine Zeit der Besinnung und der Ruhe sein, in der wir zur inneren Einkehr finden.

Ein Hauch von Weihnachten: Besinnliche Geschichten für Erwachsene

Trotz all dieser Herausforderungen sollten wir nicht vergessen, dass Weihnachten vor allem eine Zeit der Freude und des Miteinanders ist. Es geht darum, Liebe und Wärme zu teilen, sich gegenseitig zu beschenken und dankbar für die kleinen Dinge im Leben zu sein. Indem wir bewusst mit dem Weihnachtskonsum umgehen, können wir diese Werte bewahren und die wahre Bedeutung von Weihnachten wiederentdecken.

In diesem Sinne wünsche ich Ihnen eine besinnliche Weihnachtszeit, in der Sie die Herausforderungen des Weihnachtskonsums meistern und die wahre Freude des Festes erleben können.

Die Suche nach dem wahren Sinn von Weihnachten in unserer hektischen Zeit

Ein Hauch von Weihnachten: Besinnliche Geschichten für Erwachsene

In unserer hektischen und oft von Stress geprägten Zeit ist es nicht immer einfach, den wahren Sinn von Weihnachten zu finden. Zwischen dem Einkaufstrubel, den endlosen To-do-Listen und den hektischen Vorbereitungen scheint die eigentliche Bedeutung dieses besonderen Festes manchmal verloren zu gehen. Doch gerade in solchen Momenten sehnen sich viele Menschen nach einer besinnlichen Auszeit, um den wahren Zauber von Weihnachten wiederzuentdecken.

Die Suche nach dem wahren Sinn von Weihnachten kann viele Formen annehmen. Manche Menschen finden ihn in der Tradition und dem gemeinsamen Beisammensein mit ihren Liebsten. Sie schätzen die Zeit, die sie miteinander verbringen und die Möglichkeit, sich auf das Wesentliche zu besinnen. Andere suchen den wahren Sinn von Weihnachten in der Hilfsbereitschaft und Nächstenliebe, indem sie sich ehrenamtlich engagieren oder anderen Menschen in Not helfen.

Doch egal, wie jeder Einzelne den wahren Sinn von Weihnachten für sich selbst definiert, eines steht fest: Es geht um Liebe, Freude und Zusammenhalt. Es geht darum, sich auf das Wesentliche zu konzentrieren und die kleinen Momente des Glücks zu schätzen. Denn gerade in unserer hektischen Zeit sind diese kostbaren Augenblicke oft rar gesät.

Diese Suche nach dem wahren Sinn von Weihnachten ist keine einfache Aufgabe. Sie erfordert Zeit, Ruhe und Selbstreflexion. Doch wenn wir uns bewusst Zeit nehmen, um innezuhalten und uns auf das Wesentliche zu konzentrieren, können wir den wahren Zauber von Weihnachten wiederfinden.

Ein Hauch von Weihnachten: Besinnliche Geschichten für Erwachsene

In dem Buch "Ein Hauch von Weihnachten: 30 besinnliche Geschichten für Erwachsene" finden Sie eine Sammlung von Geschichten, die Ihnen helfen können, den wahren Sinn von Weihnachten zu entdecken. Diese Geschichten erzählen von Menschen, die den Zauber von Weihnachten in all seiner Vielfalt erleben und teilen. Sie laden dazu ein, sich in die Weihnachtsstimmung zu versetzen und den wahren Sinn dieses Festes zu spüren.

Lassen Sie sich von diesen Geschichten inspirieren und nehmen Sie sich Zeit, den wahren Sinn von Weihnachten in unserer hektischen Zeit zu suchen. Denn nur wenn wir uns bewusst auf diese Suche begeben, können wir den wahren Zauber von Weihnachten wiederfinden und in vollen Zügen genießen.

Ein Blick in die Zukunft: Wie wird Weihnachten in 50 Jahren aussehen?

Ein Hauch von Weihnachten: Besinnliche Geschichten für Erwachsene

Das Weihnachtsfest ist eine Zeit voller Traditionen und Bräuche, die seit Generationen weitergegeben werden. Doch wie wird sich Weihnachten in den kommenden 50 Jahren entwickeln? Werfen wir einen Blick in die Zukunft und lassen unserer Fantasie freien Lauf.

In einer Welt, in der Technologie immer weiter voranschreitet, könnten wir uns vorstellen, dass Weihnachten in 50 Jahren eine ganz neue Dimension erreicht. Stellen Sie sich vor, wie Sie an Heiligabend durch eine virtuelle Realität reisen können, um verschiedene Weihnachtsmärkte auf der ganzen Welt zu besuchen. Sie könnten die festliche Atmosphäre spüren und exotische Weihnachtsleckereien probieren, ohne tatsächlich dorthin reisen zu müssen.

Ein Hauch von Weihnachten: Besinnliche Geschichten für Erwachsene

Vielleicht werden Geschenke in Zukunft nicht mehr physisch überreicht, sondern digital. Mithilfe von Hologrammen könnten Sie Ihre Lieben in Ihr Wohnzimmer bringen und mit ihnen gemeinsam Weihnachten feiern, auch wenn Sie tausende Kilometer voneinander entfernt sind. Die Technologie könnte es sogar ermöglichen, dass Sie Geschenke per Knopfdruck versenden und sie direkt in den Wohnzimmern Ihrer Liebsten erscheinen lassen.

Aber trotz all der technologischen Entwicklungen wird der wahre Geist von Weihnachten immer bestehen bleiben. Die Zeit mit der Familie und den Freunden wird auch in 50 Jahren von unschätzbarem Wert sein. Vielleicht werden wir sogar eine Rückbesinnung auf alte Bräuche erleben, um dem hektischen Alltag zu entfliehen. Das gemeinsame Singen von traditionellen Weihnachtsliedern oder das Erzählen von Geschichten am Kaminfeuer könnte wieder in Mode kommen.

Ein Hauch von Weihnachten: Besinnliche Geschichten für Erwachsene

Egal wie Weihnachten in 50 Jahren aussehen wird, wir können sicher sein, dass der Zauber und die Magie dieses besonderen Festes niemals verblassen werden. Weihnachten wird immer eine Zeit der Freude, Liebe und des Zusammenhalts sein – egal ob in der Gegenwart oder in der Zukunft.

Lasst uns also voller Vorfreude in die kommenden Jahre blicken und uns von der Fantasie inspirieren lassen, wie Weihnachten in 50 Jahren aussehen könnte. Denn eines ist sicher: Die Weihnachtszeit wird auch dann noch eine ganz besondere Zeit sein, die wir gemeinsam feiern werden.

Kapitel 8: Besondere Momente und Erinnerungen

Das unvergessliche Weihnachtsfest meiner Kindheit

Ein Hauch von Weihnachten: Besinnliche Geschichten für Erwachsene

Es war einmal, vor vielen Jahren, ein Weihnachtsfest, das ich niemals vergessen werde. Als ich ein Kind war, gab es in meiner Familie eine ganz besondere Tradition, die uns jedes Jahr in eine magische Weihnachtsstimmung versetzte.

Am Heiligabend fuhren wir in den dunklen Wald, um einen perfekten Weihnachtsbaum auszusuchen. Mit roten Wangen stapften wir durch den Schnee, während wir nach dem Baum suchten, der unser Wohnzimmer schmücken sollte. Endlich fanden wir ihn - einen wunderschönen, prächtigen Tannenbaum, der mit seinem frischen Duft die ganze Familie begeisterte.

Zurück zu Hause begannen wir mit den Vorbereitungen für das Fest. Während Mama und Oma die köstlichen Plätzchen backten, halfen mein Bruder und ich dabei, den Baum zu schmücken. Die funkelnden Lichter, die glitzernden Kugeln und die selbstgebastelten Anhänger verliehen dem Baum eine ganz besondere Magie.

Ein Hauch von Weihnachten: Besinnliche Geschichten für Erwachsene

Nachdem alles geschmückt war, versammelten wir uns um den festlich gedeckten Tisch. Der Duft von Braten und Rotkohl erfüllte das Haus und ließ uns das Wasser im Mund zusammenlaufen. Gemeinsam genossen wir das köstliche Essen und erzählten uns Geschichten aus vergangenen Weihnachtsfesten.

Doch das Highlight des Abends war immer das Öffnen der Geschenke. Jeder von uns hatte sorgfältig ausgesuchte Präsente für die anderen verpackt und sie unter den Baum gelegt. Die Spannung war kaum auszuhalten, als wir endlich die Geschenke auspacken durften. Die leuchtenden Augen meiner Familie und die Freude über die Überraschungen in den Paketen waren unbezahlbar.

Dieses Weihnachtsfest war für mich ein Fest der Liebe, der Zusammengehörigkeit und der unendlichen Freude. Die Erinnerung daran begleitet mich bis heute und lässt mich jedes Jahr aufs Neue in eine weihnachtliche Stimmung eintauchen.

Ein Hauch von Weihnachten: Besinnliche Geschichten für Erwachsene

In "Ein Hauch von Weihnachten: 30 besinnliche Geschichten für Erwachsene" möchte ich diese Erinnerung mit Ihnen teilen und Ihnen die Möglichkeit geben, in meine unvergessliche Weihnachtswelt einzutauchen. Lassen Sie sich von den Geschichten inspirieren und genießen Sie die besinnliche Atmosphäre der Adventszeit.

Emotionale Augenblicke: Tränen der Freude an Weihnachten

In der festlichen Jahreszeit, wenn die Lichter glitzern und der Duft von Zimt und Tannennadeln die Luft erfüllt, gibt es Momente, die uns besonders berühren. Es sind diese Augenblicke der emotionalen Intensität, in denen unsere Herzen vor Freude überfließen und uns die Tränen in die Augen schießen.

Für Menschen in weihnachtlicher Stimmung sind diese Momente kostbar, denn sie erinnern uns daran, was wirklich zählt im Leben. In dem Buch "Ein Hauch von Weihnachten: 30 besinnliche Geschichten für Erwachsene" werden solche Geschichten erzählt, die unsere Herzen erwärmen und uns mit einem Lächeln auf den Lippen zurücklassen.

Ein Hauch von Weihnachten: Besinnliche Geschichten für Erwachsene

Eine dieser Geschichten handelt von einer alleinstehenden älteren Dame, die seit Jahren Weihnachten alleine verbringt. Doch in diesem Jahr ändert sich alles, als sie von einer wohltätigen Organisation überraschend besucht wird. Die Helfer bringen nicht nur ein festliches Essen mit, sondern auch Gesellschaft und Liebe. In diesem emotionalen Augenblick der Tränen der Freude erfährt die einsame Dame, dass sie nicht vergessen ist und dass das Weihnachtsfest auch für sie noch magische Momente bereithalten kann.

Eine andere Geschichte erzählt von einer jungen Familie, die mit finanziellen Schwierigkeiten zu kämpfen hat. Die Kinder haben keine Geschenke und die Eltern sind besorgt, wie sie das Fest der Liebe gestalten sollen. Doch dann erleben sie einen unerwarteten Moment der Großzügigkeit, als ihre Nachbarn sich zusammentun, um ihnen eine unvergessliche Weihnachtsüberraschung zu bereiten. In diesem Augenblick der Tränen der Freude erkennen sie, dass Liebe und Mitgefühl keine Worte brauchen, sondern Taten sind, die Herzen berühren.

Ein Hauch von Weihnachten: Besinnliche Geschichten für Erwachsene

Diese und viele weitere Geschichten in "Ein Hauch von Weihnachten" laden die Leser ein, in die Welt der emotionalen Augenblicke einzutauchen und die Magie der Weihnachtszeit zu spüren. Es sind Geschichten, die uns daran erinnern, dass es in der Hektik des Alltags die kleinen Momente der Liebe und des Miteinanders sind, die uns wirklich erfüllen.

Für Menschen in weihnachtlicher Stimmung, die auf der Suche nach besinnlichen Geschichten für Erwachsene sind, bietet dieses Buch eine wunderbare Möglichkeit, sich von der Weihnachtsatmosphäre verzaubern zu lassen. Tauchen Sie ein in die Welt der Tränen der Freude und lassen Sie sich von den Geschichten inspirieren, die das wahre Wesen von Weihnachten einfangen.

Die Magie des ersten Weihnachtsfests mit dem eigenen Kind

Ein Hauch von Weihnachten: Besinnliche Geschichten für Erwachsene

Es gibt kaum etwas, das die Vorfreude auf Weihnachten so intensiviert wie das erste Weihnachtsfest mit dem eigenen Kind. Die Magie dieses besonderen Moments ist unvergleichlich und lässt uns in eine Welt eintauchen, die von Liebe, Glück und Wundern erfüllt ist.

Wenn man das erste Mal den Weihnachtsbaum mit dem eigenen Kind schmückt, spürt man eine unbeschreibliche Freude. Die leuchtenden Augen des kleinen Engels, wenn er die funkelnden Lichter und glitzernden Kugeln betrachtet, zaubern ein Lächeln auf unser Gesicht. Wir nehmen uns Zeit, um gemeinsam mit unserem Kind den perfekten Platz für jede einzelne Christbaumkugel zu finden und den Baum mit Liebe und Hingabe zu schmücken.

Ein Hauch von Weihnachten: Besinnliche Geschichten für Erwachsene

Die Vorfreude auf den Heiligen Abend ist kaum zu überbieten. Gemeinsam mit unserem Kind basteln wir Adventskalender, backen Plätzchen und singen Weihnachtslieder. In jedem Moment spüren wir die besondere Atmosphäre, die nur die Adventszeit mit sich bringt. Die Vorstellung, wie unser Kind zum ersten Mal den Weihnachtsmann erblickt und vor Aufregung kaum stillsitzen kann, erfüllt unser Herz mit purer Freude.

Am Heiligen Abend ist es dann endlich soweit. Wir sitzen alle gemeinsam um den festlich geschmückten Tisch, die Kerzen leuchten und der Raum ist erfüllt von einem warmen Licht. Das Gesicht unseres Kindes strahlt, als es die Geschenke unter dem Baum entdeckt. Es ist ein Moment voller Freude, Liebe und Dankbarkeit.

Das erste Weihnachtsfest mit dem eigenen Kind ist eine unvergessliche Erfahrung, die uns daran erinnert, wie kostbar das Leben ist. Es lässt uns die wahre Bedeutung von Weihnachten spüren und erfüllt uns mit dem Wunsch, diese Magie für immer zu bewahren.

Ein Hauch von Weihnachten: Besinnliche Geschichten für Erwachsene

Für all jene, die sich in weihnachtlicher Stimmung befinden und die Schönheit dieses einzigartigen Moments erleben möchten, ist das erste Weihnachtsfest mit dem eigenen Kind ein Geschenk, das uns daran erinnert, dass wahre Wunder existieren und dass Liebe und Familie das Wertvollste sind, was wir besitzen. Genießen wir dieses besondere Fest in vollen Zügen und bewahren wir die Magie für immer in unseren Herzen.

Die Bedeutung von Erinnerungen an vergangene Weihnachtszeiten

In der hektischen und oft stressigen Weihnachtszeit ist es wichtig, sich an die Bedeutung von Erinnerungen an vergangene Weihnachtszeiten zu erinnern. Diese Erinnerungen sind wie ein wertvoller Schatz, der uns in Zeiten der Hektik und des Trubels Ruhe und Besinnung schenkt.

Ein Hauch von Weihnachten: Besinnliche Geschichten für Erwachsene

Jeder von uns hat seine ganz eigenen Erinnerungen an vergangene Weihnachtszeiten. Es sind die Momente, in denen wir mit unseren Liebsten zusammen waren, die Lichter am Christbaum glänzten und der Duft von Zimt und Plätzchen in der Luft lag. Diese Erinnerungen sind wie kleine leuchtende Sterne, die uns den Weg weisen und uns Kraft geben, wenn wir uns einsam oder traurig fühlen.

In diesen Erinnerungen liegt auch eine große Kraft der Hoffnung und des Neuanfangs. Denn sie erinnern uns daran, dass es inmitten der Hektik des Alltags auch Momente der Ruhe und Besinnung gibt. Sie erinnern uns daran, dass es wichtig ist, innezuhalten und die kleinen Dinge des Lebens zu schätzen.

Ein Hauch von Weihnachten: Besinnliche Geschichten für Erwachsene

Gerade in der heutigen schnelllebigen Zeit, in der wir oft von Terminen und Verpflichtungen überhäuft werden, sind diese Erinnerungen an vergangene Weihnachtszeiten eine wertvolle Quelle der Inspiration. Sie erinnern uns daran, dass es inmitten des Trubels wichtig ist, Zeit für uns und unsere Liebsten zu finden. Sie erinnern uns daran, dass das Weihnachtsfest nicht nur aus Geschenken und Konsum besteht, sondern vor allem aus Liebe, Zusammenhalt und Besinnung.

In diesem subtilen Hauch von Weihnachten, der uns in Erinnerungen an vergangene Weihnachtszeiten umgibt, liegt eine große Kraft. Eine Kraft, die uns daran erinnert, was wirklich wichtig ist im Leben. Eine Kraft, die uns hilft, den Blick auf das Wesentliche zu richten und die Magie der Weihnachtszeit zu spüren.

Ein Hauch von Weihnachten: Besinnliche Geschichten für Erwachsene

In dieser besinnlichen Zeit sollten wir uns daher immer wieder bewusst machen, wie wertvoll unsere Erinnerungen an vergangene Weihnachtszeiten sind. Sie sind wie kleine Lichter, die uns den Weg erhellen und uns daran erinnern, dass Weihnachten nicht nur ein Fest ist, sondern eine Einstellung zum Leben. Eine Einstellung, die von Liebe, Frieden und Besinnung geprägt ist.

Kapitel 9: Die Heiligkeit von Weihnachten

Die biblische Geschichte von der Geburt Jesu

In der weihnachtlichen Stimmung des Jahres gibt es kaum eine Geschichte, die so viel Freude und Hoffnung verbreitet wie die biblische Geschichte von der Geburt Jesu. In dem Buch "Ein Hauch von Weihnachten: 30 besinnliche Geschichten für Erwachsene" möchten wir Ihnen diese erstaunliche Geschichte in ihrer ganzen Pracht und Bedeutung erzählen.

Ein Hauch von Weihnachten: Besinnliche Geschichten für Erwachsene

Die Geschichte beginnt mit Maria, einer jungen Frau, die von einem Engel namens Gabriel besucht wird. Gabriel verkündet ihr, dass sie ein Kind empfangen wird, das der Sohn Gottes sein wird. Maria ist zunächst verwirrt, aber sie vertraut dem Plan Gottes und akzeptiert ihre Bestimmung.

Zusammen mit ihrem Verlobten Josef reist Maria nach Bethlehem, um sich für die Volkszählung registrieren zu lassen. Als sie dort ankommen, finden sie jedoch keine Unterkunft, da alle Herbergen überfüllt sind. Am Ende finden sie Zuflucht in einem Stall, und dort, inmitten von Tieren und Heu, wird Jesus geboren.

In derselben Nacht erscheint eine Gruppe von Hirten auf einem nahegelegenen Feld. Sie werden von einem Engel besucht, der ihnen die frohe Botschaft verkündet: Ein Retter ist geboren worden, der das Licht und die Liebe Gottes in die Welt bringt. Die Hirten machen sich sofort auf den Weg, um das neugeborene Kind zu sehen und es anzubeten.

Ein Hauch von Weihnachten: Besinnliche Geschichten für Erwachsene

Aber die Geschichte hört hier nicht auf. Weise Männer aus dem Osten, die Sterndeuter genannt werden, sehen einen außergewöhnlichen Stern am Himmel. Sie folgen dem Stern nach Bethlehem und finden das Kind, das sie als den König der Juden erkennen. Sie bringen ihm Geschenke und huldigen ihm.

Die Geschichte von der Geburt Jesu ist eine Geschichte der Liebe, des Glaubens und der Hoffnung. Sie erinnert uns daran, dass inmitten der Herausforderungen und Schwierigkeiten des Lebens immer ein Funken Licht und Hoffnung vorhanden ist. In dieser Weihnachtszeit möchten wir Ihnen diese Geschichte erzählen und hoffen, dass sie Ihr Herz mit Freude und Frieden erfüllt.

Lassen Sie sich von der biblischen Geschichte von der Geburt Jesu berühren und spüren Sie den Hauch von Weihnachten, der die Welt erfüllt. Mögen Sie diese besinnliche Geschichte in Ihrem Herzen bewahren und die Bedeutung von Weihnachten in all ihrem Glanz erleben.

Ein Hauch von Weihnachten: Besinnliche Geschichten für Erwachsene

Die spirituelle Bedeutung der Weihnachtszeit

Die Weihnachtszeit ist eine Zeit der Besinnung, der Liebe und des Friedens. Während wir uns auf das Fest vorbereiten, ist es wichtig, sich auf die spirituelle Bedeutung dieser besonderen Zeit zu besinnen. Denn Weihnachten ist nicht nur ein Fest der Geschenke und des Festmahls, sondern vor allem ein Fest des Glaubens und der Hoffnung.

Inmitten des Trubels des Weihnachtseinkaufs und der Hektik der Vorbereitungen sollten wir uns Zeit nehmen, um uns auf das Wesentliche zu konzentrieren. Die spirituelle Bedeutung von Weihnachten liegt in der Geburt Jesu Christi, dem Licht der Welt. Es ist die Zeit, in der wir uns daran erinnern, dass Gott in Menschengestalt auf die Erde kam, um uns Erlösung und Hoffnung zu bringen.

Ein Hauch von Weihnachten: Besinnliche Geschichten für Erwachsene

Die Weihnachtszeit lädt uns ein, über unseren eigenen Glauben nachzudenken und unsere Verbindung zu Gott zu vertiefen. Es ist eine Zeit der Stille und der inneren Einkehr, in der wir uns bewusst werden, dass das größte Geschenk nicht materieller Natur ist. Es ist das Geschenk der Liebe, des Mitgefühls und der Nächstenliebe.

In der Hektik des Alltags vergessen wir oft, wie wichtig es ist, anderen Menschen Gutes zu tun. Doch gerade in der Weihnachtszeit haben wir die Möglichkeit, unsere Herzen zu öffnen und anderen Menschen Freude zu schenken. Sei es durch eine kleine Freundlichkeit, ein offenes Ohr oder eine großzügige Spende an Bedürftige. Jede gute Tat zählt und trägt zum Frieden und zur Freude in der Welt bei.

Ein Hauch von Weihnachten: Besinnliche Geschichten für Erwachsene

Die spirituelle Bedeutung der Weihnachtszeit erinnert uns daran, dass es im Leben um mehr geht als materielle Dinge. Es geht um Liebe, Hoffnung und den Glauben an etwas Größeres. Lassen Sie uns diese Zeit nutzen, um uns auf das Wesentliche zu besinnen und dem wahren Geist von Weihnachten zu folgen. Möge diese besondere Zeit des Jahres uns Frieden bringen und uns daran erinnern, dass wir alle Teil eines größeren Ganzen sind.

Die Suche nach dem inneren Frieden an Weihnachten

Inmitten des Weihnachtstrubels und der Hektik des Alltags ist es oft schwierig, den inneren Frieden zu finden. Doch gerade zu Weihnachten, wenn die Welt stiller wird und sich in einen magischen Ort der Besinnlichkeit verwandelt, sehnen sich viele Menschen nach diesem tiefen inneren Frieden. Die Suche danach kann eine wertvolle Reise sein, die uns dazu führt, das Wesentliche im Leben zu erkennen und die Bedeutung von Liebe, Familie und Gemeinschaft wiederzuentdecken.

Ein Hauch von Weihnachten: Besinnliche Geschichten für Erwachsene

In "Ein Hauch von Weihnachten: 30 besinnliche Geschichten für Erwachsene" finden Menschen in weihnachtlicher Stimmung eine Sammlung von inspirierenden Geschichten, die ihnen helfen können, ihren inneren Frieden zu finden. Diese Geschichten erzählen von unterschiedlichen Menschen und Situationen, die uns daran erinnern, was wirklich wichtig ist.

Ob es die Geschichte einer einsamen alten Frau ist, die durch die Magie der Weihnacht wieder Hoffnung und Freude findet, oder die Geschichte eines gestressten Geschäftsmanns, der durch einen besonderen Moment der Menschlichkeit seine Prioritäten neu ordnet - jede Geschichte eröffnet eine neue Perspektive und lädt den Leser dazu ein, über das eigene Leben nachzudenken.

Ein Hauch von Weihnachten: Besinnliche Geschichten für Erwachsene

Die Weihnachtszeit bietet die Möglichkeit, zur Ruhe zu kommen, innezuhalten und sich auf das Wesentliche zu besinnen. Jeder kann seinen eigenen Weg finden, um den inneren Frieden zu suchen. Ob es das Entzünden einer Kerze ist, das Hören von besinnlicher Musik oder das Verbringen von Zeit mit geliebten Menschen - es sind die kleinen Dinge, die uns oft am meisten berühren und unsere Herzen öffnen.

"Ein Hauch von Weihnachten: 30 besinnliche Geschichten für Erwachsene" ist ein Buch, das Menschen in weihnachtlicher Stimmung dabei unterstützt, den inneren Frieden zu finden. Es erinnert uns daran, dass die wahre Magie von Weihnachten in der Liebe, der Hoffnung und dem Zusammensein liegt. Lassen Sie sich von den Geschichten inspirieren und finden Sie Ihren eigenen Weg zu innerer Ruhe und Glückseligkeit in dieser wundervollen Weihnachtszeit.

Die Verbindung zwischen Glaube und Weihnachten

Ein Hauch von Weihnachten: Besinnliche Geschichten für Erwachsene

Weihnachten ist eine Zeit der Besinnung und des Glaubens. Inmitten des hektischen Trubels und der Einkaufsmeilen erinnert uns diese festliche Jahreszeit daran, dass es mehr gibt als nur Geschenke und Feierlichkeiten. Für viele Menschen ist der Glaube ein wichtiger Bestandteil von Weihnachten und verleiht diesem Fest eine tiefere Bedeutung.

Die Verbindung zwischen Glaube und Weihnachten reicht weit zurück. Schon seit Jahrhunderten feiern wir die Geburt Jesu Christi, der nach christlicher Überlieferung der Sohn Gottes ist und als Erlöser der Menschheit betrachtet wird. Daher wird Weihnachten von Gläubigen auf der ganzen Welt als eine Zeit der Dankbarkeit und der Hoffnung gefeiert.

Ein Hauch von Weihnachten: Besinnliche Geschichten für Erwachsene

Der Glaube spiegelt sich in vielen Traditionen und Bräuchen wider, die mit Weihnachten verbunden sind. Das Entzünden von Kerzen symbolisiert das Licht, das Christus in die Welt bringt. Der Adventskranz mit seinen vier Kerzen erinnert uns daran, uns auf die Ankunft des Heilands vorzubereiten. In den Kirchen werden Krippenspiele aufgeführt, um die Geschichte der Geburt Jesu zu erzählen und den Glauben der Gemeinde zu stärken.

Für viele Menschen in weihnachtlicher Stimmung ist der Glaube eine Quelle der Hoffnung und des Trostes. Gerade in schwierigen Zeiten kann der Glaube den Menschen die Kraft geben, Herausforderungen zu meistern und neue Hoffnung zu schöpfen. Weihnachten wird zu einer Zeit der Besinnung, des Zusammenhalts und der Nächstenliebe.

Ein Hauch von Weihnachten: Besinnliche Geschichten für Erwachsene

Die Verbindung zwischen Glaube und Weihnachten ist vielschichtig und individuell. Jeder Mensch bringt seine eigenen Erfahrungen und Überzeugungen mit in diese festliche Zeit. Ob man nun einer bestimmten Religion angehört oder nicht, Weihnachten kann uns alle dazu inspirieren, an etwas Größeres zu glauben und die Liebe und Güte in unseren Herzen zu entfachen.

In diesem Sinne lädt uns die Weihnachtszeit ein, unseren Glauben zu stärken und die wahre Bedeutung von Weihnachten zu entdecken. Es ist eine Zeit der Besinnung, der Freude und der Dankbarkeit. Egal welchen Glauben wir haben, Weihnachten ist eine Zeit, in der wir uns mit unseren Mitmenschen verbinden und die Werte des Glaubens in die Welt tragen können.

Kapitel 10: Das Fest der Freude und des Zusammenhalts

Weihnachten im Kreise lieber Menschen

Ein Hauch von Weihnachten: Besinnliche Geschichten für Erwachsene

Die Weihnachtszeit ist eine besondere Zeit des Jahres, in der wir uns auf das Zusammensein mit unseren Liebsten freuen. Es ist die Zeit, in der wir uns von der Hektik des Alltags lösen und uns auf das Wesentliche besinnen können. In dem subchapter "Weihnachten im Kreise lieber Menschen" möchten wir Ihnen 30 besinnliche Geschichten präsentieren, die Ihnen helfen, sich in eine weihnachtliche Stimmung zu versetzen.

In diesen Geschichten werden Sie auf verschiedene Charaktere treffen, die alle auf ihre eigene Art und Weise das Weihnachtsfest erleben. Von der Familie, die sich Jahr für Jahr zu einer traditionellen Weihnachtsfeier versammelt, bis hin zu jenen, die ihre Liebsten in der Ferne vermissen, werden Sie in diesen Erzählungen mitfühlen, lachen und vielleicht auch die eine oder andere Träne verdrücken.

Ein Hauch von Weihnachten: Besinnliche Geschichten für Erwachsene

Die Geschichten nehmen Sie mit auf eine Reise durch unterschiedliche Weihnachtsszenarien. Sie begleiten Menschen bei der Suche nach dem perfekten Geschenk, lassen Sie an den Vorbereitungen für das Fest teilhaben und zeigen Ihnen, wie wichtig es ist, Zeit mit den Menschen zu verbringen, die einem am Herzen liegen.

Mit "Ein Hauch von Weihnachten: 30 besinnliche Geschichten für Erwachsene" möchten wir Ihnen eine Sammlung von Geschichten bieten, die Sie in eine weihnachtliche Stimmung versetzen und Ihnen eine Auszeit vom Alltag ermöglichen. Diese Geschichten sind speziell für Menschen in weihnachtlicher Stimmung konzipiert und bieten Ihnen die Möglichkeit, sich in die verschiedenen Charaktere hineinzuversetzen und deren Weihnachtserlebnisse hautnah mitzuerleben.

Ein Hauch von Weihnachten: Besinnliche Geschichten für Erwachsene

Tauchen Sie ein in die Welt von "Ein Hauch von Weihnachten: 30 besinnliche Geschichten für Erwachsene" und lassen Sie sich von den unterschiedlichen Weihnachtsgeschichten inspirieren. Genießen Sie die Magie der Weihnachtszeit im Kreise Ihrer Liebsten und lassen Sie sich von den Erzählungen in eine weihnachtliche Stimmung versetzen.

Die Freude am Teilen und gemeinsamen Feiern

In der besinnlichen Weihnachtszeit geht es nicht nur um Geschenke und festliche Dekorationen, sondern auch um das Teilen von Freude und das gemeinsame Feiern mit unseren Liebsten. Es ist eine Zeit, in der wir uns bewusst werden, wie wichtig es ist, diese kostbaren Momente miteinander zu teilen und zu genießen.

Ein Hauch von Weihnachten: Besinnliche Geschichten für Erwachsene

Das Teilen von Freude kann auf vielfältige Weise geschehen. Es kann bedeuten, dass wir unsere Zeit und Aufmerksamkeit denen schenken, die es am meisten brauchen. Ob es nun der Besuch eines einsamen Nachbarn ist oder das Helfen in einer gemeinnützigen Organisation - das Teilen unserer Zeit und Ressourcen kann einen großen Unterschied im Leben anderer Menschen machen.

Aber nicht nur materielle Dinge können geteilt werden. Die Freude am Teilen von Geschichten, Erfahrungen und Erinnerungen ist genauso wichtig. In gemütlicher Atmosphäre können wir uns zusammensetzen und uns gegenseitig von unseren Erlebnissen erzählen. Diese Geschichten verbinden uns miteinander und schaffen eine Atmosphäre des Zusammenhalts und der Wärme.

Ein Hauch von Weihnachten: Besinnliche Geschichten für Erwachsene

Das gemeinsame Feiern ist ein weiterer wichtiger Aspekt der Weihnachtszeit. Ob es nun das traditionelle Weihnachtsessen ist, bei dem die ganze Familie zusammenkommt, oder das Singen von Weihnachtsliedern in der Kirche - diese gemeinsamen Rituale stärken unsere Beziehungen zueinander und schaffen schöne Erinnerungen, die uns ein Leben lang begleiten.

In meinem Buch "Ein Hauch von Weihnachten: 30 besinnliche Geschichten für Erwachsene" finden Sie eine Sammlung von Geschichten, die die Freude am Teilen und gemeinsamen Feiern in der Weihnachtszeit thematisieren. Jede Geschichte erzählt von den kleinen und großen Momenten des Miteinanders, von der Bedeutung des Gebens und von der Magie, die entsteht, wenn wir uns in der Weihnachtszeit füreinander öffnen.

Ein Hauch von Weihnachten: Besinnliche Geschichten für Erwachsene

Ich hoffe, dass dieses Buch Ihnen dabei hilft, die wahre Bedeutung von Weihnachten zu entdecken und dass es Ihnen dabei hilft, Ihre eigene Freude am Teilen und gemeinsamen Feiern zu finden. Lassen Sie uns gemeinsam diese wunderbare Zeit des Jahres genießen und die Liebe und Wärme, die sie mit sich bringt, mit anderen teilen.

Die Bedeutung von Gemeinschaft und Zusammenhalt zur Weihnachtszeit

In der hektischen Welt, in der wir leben, kann es leicht sein, die Bedeutung von Gemeinschaft und Zusammenhalt aus den Augen zu verlieren. Doch gerade zur Weihnachtszeit erinnern uns die Bräuche und Traditionen daran, wie wichtig es ist, sich miteinander zu verbinden und füreinander da zu sein.

Die Weihnachtszeit ist eine Zeit des Zusammenkommens, des Teilens und des Gebens. Es ist eine Zeit, in der wir uns bewusst werden, wie wertvoll die Beziehungen zu unseren Lieben sind. Familie und Freunde spielen eine zentrale Rolle, wenn es darum geht, die Festtage zu feiern und gemeinsam schöne Erinnerungen zu schaffen.

Ein Hauch von Weihnachten: Besinnliche Geschichten für Erwachsene

Doch nicht nur im engsten Kreis ist Gemeinschaft von Bedeutung. Auch in der Gesellschaft insgesamt spielt Zusammenhalt eine wichtige Rolle. Besonders in der Weihnachtszeit zeigt sich die Solidarität vieler Menschen gegenüber denjenigen, die weniger Glück haben. Es ist die Zeit, in der wir bereit sind, anderen zu helfen und bedürftigen Menschen Unterstützung anzubieten. Sei es durch Spenden, freiwillige Arbeit oder einfach nur ein offenes Ohr für diejenigen, die es brauchen.

Die Weihnachtszeit bietet uns die Möglichkeit, uns auf das Wesentliche zu besinnen und unsere Mitmenschlichkeit zu stärken. Sie erinnert uns daran, wie wichtig es ist, einander zu unterstützen, zu respektieren und zu lieben.

In diesem Buch "Ein Hauch von Weihnachten: 30 besinnliche Geschichten für Erwachsene" werden 30 Weihnachtsgeschichten erzählt, die uns genau diese Botschaft vermitteln. Sie bringen uns zum Nachdenken, berühren unsere Herzen und zeigen uns, wie wir Gemeinschaft und Zusammenhalt leben können.

Ein Hauch von Weihnachten: Besinnliche Geschichten für Erwachsene

Für Menschen in weihnachtlicher Stimmung bieten diese Geschichten eine wunderbare Möglichkeit, sich einzustimmen und die Bedeutung von Gemeinschaft und Zusammenhalt in der Weihnachtszeit voll und ganz zu erfassen. Tauchen Sie ein in die Welt der Geschichten und lassen Sie sich von der Magie der Weihnacht verzaubern.

Die Kraft von Liebe und Mitgefühl an Weihnachten

Weihnachten ist eine Zeit der Liebe, der Freude und des Miteinanders. Es ist eine Zeit, in der wir uns auf das Wesentliche besinnen und unsere Herzen für die Menschen um uns herum öffnen. Die festliche Stimmung, das Funkeln der Lichter und der Duft von Lebkuchen und Tannenzweigen erfüllen die Luft und laden uns ein, uns gegenseitig Liebe und Mitgefühl zu schenken.

Ein Hauch von Weihnachten: Besinnliche Geschichten für Erwachsene

Inmitten des Trubels und der Hektik des Alltags ist es manchmal leicht, den eigentlichen Sinn von Weihnachten zu vergessen. Doch gerade in diesen Momenten erinnern uns die Geschichten der Liebe und des Mitgefühls daran, was wirklich zählt. Sie zeigen uns, dass es nicht die teuren Geschenke oder die aufwendigen Dekorationen sind, die Weihnachten besonders machen, sondern die kleinen Gesten der Zuneigung und der Verbundenheit.

Eine solche Geschichte erzählt von einer anonymen Spende, die eine alleinerziehende Mutter und ihre Kinder an einem kalten Dezembertag erhalten. In dem Päckchen finden sie nicht nur warme Kleidung und Lebensmittel, sondern auch liebevolle Worte und einen Gutschein für eine gemeinsame Weihnachtsfeier. Diese einfache Geste berührt die Familie zutiefst und zeigt ihnen, dass sie nicht alleine sind. Sie spüren die Kraft der Liebe und des Mitgefühls, die ihnen in dieser schweren Zeit Hoffnung und Trost schenken.

Ein Hauch von Weihnachten: Besinnliche Geschichten für Erwachsene

Eine andere Geschichte erzählt von einem älteren Herrn, der sich einsam und vergessen fühlt. Als er an Heiligabend alleine in seinem Haus sitzt, klingelt plötzlich die Tür. Vor ihm steht seine Nachbarin mit einem selbstgebackenen Kuchen und einem strahlenden Lächeln. Sie lädt ihn ein, mit ihrer Familie Weihnachten zu feiern. Durch diese Einladung erfährt der alte Mann, dass er nicht vergessen ist und dass es immer Menschen gibt, die sich um ihn kümmern. Das Gefühl der Zugehörigkeit und der Wärme erfüllt sein Herz und lässt ihn die wahre Bedeutung von Weihnachten spüren.

Diese Geschichten und viele weitere in diesem Buch erinnern uns daran, dass Weihnachten weit mehr ist als nur Geschenke und Konsum. Es ist eine Zeit, in der wir unsere Herzen öffnen und anderen Menschen Liebe und Mitgefühl schenken können. Möge die Kraft der Liebe und des Mitgefühls uns alle in dieser Weihnachtszeit erfüllen und uns daran erinnern, dass wir gemeinsam stark sind.

Kapitel 11: 15 Weihnachtliche Geschichten

Ein Hauch von Weihnachten: Besinnliche Geschichten für Erwachsene

1. "Ein Wintermärchen: Geheimnisse der Heiligen Nacht"

Die Weihnachtszeit ist eine Zeit voller Magie und Geheimnisse. In dieser besonderen Zeit des Jahres scheinen sich die Grenzen zwischen Realität und Fantasie zu verwischen. In der Dunkelheit des Winters erwachen Geschichten zum Leben und erzählen von den wundersamen Ereignissen in der Heiligen Nacht.

In unserem ersten Kapitel, "Ein Wintermärchen: Geheimnisse der Heiligen Nacht," möchten wir Sie auf eine Reise in die mystische Welt der Weihnachtstraditionen mitnehmen. Tauchen Sie ein in die Geschichten vergangener Zeiten und entdecken Sie die verborgenen Geheimnisse, die sich in der Nacht der Nächte offenbaren.

Erfahren Sie von den Legenden um den Nikolaus und seine Helfer, den Weihnachtsmännern, die im Verborgenen die Geschenke für die Kinder verteilen. Lassen Sie sich von den Erzählungen über das Christkind bezaubern, das mit seinem goldenen Licht die Dunkelheit erhellt und Hoffnung in die Herzen der Menschen bringt.

Ein Hauch von Weihnachten: Besinnliche Geschichten für Erwachsene

Wir laden Sie ein, die Geschichten von Menschen in weihnachtlicher Stimmung zu hören, die in dieser besonderen Nacht unerwartete Begegnungen und wundersame Erlebnisse hatten. Von verzauberten Weihnachtsbäumen bis hin zu geheimnisvollen Sternschnuppen, von sprechenden Tieren bis hin zu magischen Geschenken - in der Heiligen Nacht geschehen Dinge, die jenseits unserer Vorstellungskraft liegen.

Tauchen Sie ein in die zauberhafte Atmosphäre der Weihnachtszeit und lassen Sie sich von den Geschichten in "Ein Hauch von Weihnachten: 30 besinnliche Geschichten für Erwachsene" verzaubern. Diese Sammlung von 30 Weihnachtsgeschichten für Erwachsene entführt Sie in eine Welt voller Wunder und Emotionen.

Erleben Sie den Zauber der Heiligen Nacht und lassen Sie sich von den Geheimnissen und Geschichten verzaubern, die in dieser besonderen Zeit des Jahres auf uns warten. Freuen Sie sich auf eine besinnliche Lektüre und lassen Sie sich von der Magie von Weihnachten inspirieren!

Ein Hauch von Weihnachten: Besinnliche Geschichten für Erwachsene

2. "Zwischen Glühwein und Sternenhimmel: Weihnachtszauber in der Stadt"

Ein Hauch von Weihnachten liegt in der Luft, wenn die kalte Winterzeit naht und die Stadt sich in ein funkelndes Lichtermeer verwandelt. Inmitten der geschäftigen Straßen und dem geschäftigen Treiben der Menschen gibt es einen ganz besonderen Zauber, der die Herzen der Menschen in weihnachtliche Stimmung versetzt. Dieser Zauber liegt zwischen Glühwein und Sternenhimmel, und er lässt uns eintauchen in die wunderbare Atmosphäre der Weihnachtszeit.

Die Stadt erwacht zum Leben, wenn die ersten Schneeflocken sanft vom Himmel fallen und die Straßen mit einem weißen Teppich überziehen. Die Geschäfte erstrahlen in festlichem Glanz, während die Menschen sich auf den Weihnachtsmärkten versammeln, um sich von der Magie der festlichen Stände verzaubern zu lassen. Der Duft von gebrannten Mandeln und Lebkuchen liegt in der Luft, während die Besucher durch die Gassen schlendern und nach Geschenken stöbern.

Ein Hauch von Weihnachten: Besinnliche Geschichten für Erwachsene

Der Glühwein dampft in den Tassen und wärmt die kalten Hände, während die Menschen sich an den gemütlichen Ständen zusammenfinden und sich von der fröhlichen Musik und den festlichen Klängen verzaubern lassen. Es ist die Zeit der Begegnungen und des Miteinanders, wenn Freunde und Familien sich treffen, um gemeinsam die Vorfreude auf das Fest zu spüren.

Doch nicht nur die Weihnachtsmärkte versprühen den Zauber der Stadt. Auch die prächtig geschmückten Schaufenster und die funkelnden Lichter an den Straßenlaternen erfüllen die Stadt mit einem ganz besonderen Glanz. Der Sternenhimmel wird ersetzt durch die funkelnden Lichter, die die Nacht erhellen und die Menschen verzaubern.

In dieser besonderen Atmosphäre lässt sich der Stress und die Hektik des Alltags vergessen. Die Menschen kommen zusammen, um die Wärme und Liebe der Weihnachtszeit zu spüren. Die Stadt wird zum Ort der Träume und der Hoffnung, wo die Herzen im Einklang schlagen und die Magie der Weihnacht jeden Moment zu etwas Besonderem macht.

Dieser Weihnachtszauber in der Stadt ist es, der uns daran erinnert, dass es in der Hektik des Alltags wichtig ist, innezuhalten und die kleinen Momente der Freude zu genießen. Zwischen Glühwein und Sternenhimmel können wir uns verlieren und den Zauber der Weihnachtszeit in vollen Zügen erleben.

3. "Die unerwartete Begegnung: Ein Weihnachtsgeheimnis"

3. Die unerwartete Begegnung: Ein Weihnachtsgeheimnis

Die Weihnachtszeit ist eine Zeit voller Magie und Geheimnisse. Inmitten der geschäftigen Vorbereitungen und dem Trubel des Alltags geschehen manchmal unerwartete Dinge, die unsere Herzen berühren und uns daran erinnern, worum es in dieser besonderen Zeit wirklich geht.

Ein Hauch von Weihnachten: Besinnliche Geschichten für Erwachsene

In der kleinen Stadt Winterberg herrschte eine ganz besondere Weihnachtsstimmung. Die Straßen waren mit funkelnden Lichtern geschmückt und der Duft von gebrannten Mandeln und Glühwein lag in der Luft. Die Menschen waren voller Vorfreude und liebevoller Gedanken.

Eines Abends, als der Schnee sanft vom Himmel fiel, machte sich Anna auf den Weg zum Weihnachtsmarkt. Sie genoss das Knirschen des Schnees unter ihren Stiefeln und die warme Atmosphäre, die sie umgab. Plötzlich hörte sie ein leises Wimmern. Sie folgte dem Klang und entdeckte eine kleine Katze, die sich verängstigt in einer dunklen Gasse verkrochen hatte. Ihr Herz füllte sich mit Mitgefühl und sie beschloss, der Katze zu helfen.

Anna nahm die Katze vorsichtig in ihre Arme und trug sie zu einem nahegelegenen Tierarzt. Dort stellte sich heraus, dass die Katze namens Felix kein Zuhause hatte. Anna beschloss, ihn vorübergehend bei sich aufzunehmen, bis sie ein liebevolles Zuhause für ihn finden konnte.

Ein Hauch von Weihnachten: Besinnliche Geschichten für Erwachsene

In den folgenden Tagen entwickelte sich zwischen Anna und Felix eine enge Bindung. Sie spürte, dass er ihr ein Geschenk des Schicksals war, eine unerwartete Begegnung, die ihr Leben bereicherte. Während sie die Weihnachtszeit gemeinsam verbrachten, spürte Anna, wie sich ihr Herz öffnete und sie die wahre Bedeutung von Liebe und Mitgefühl erkannte.

Eines Abends, kurz vor Heiligabend, klingelte es an Annas Tür. Vor ihr stand eine Familie, die Felix adoptieren wollte. Obwohl Anna wusste, dass es das Beste für Felix war, überkam sie ein Gefühl des Abschieds. Dennoch wusste sie, dass diese Begegnung von Anfang an ein Weihnachtsgeheimnis war, das sie für immer in ihrem Herzen tragen würde.

Ein Hauch von Weihnachten: Besinnliche Geschichten für Erwachsene

Die Geschichte von Anna und Felix erinnert uns daran, dass wahre Weihnachtsmagie in den kleinen und unerwarteten Begegnungen des Lebens liegt. Sie zeigt uns, dass Liebe und Mitgefühl die wahre Essenz dieser besonderen Zeit sind und dass wir in der Lage sind, das Leben anderer zu berühren, selbst wenn es nur für kurze Zeit ist. In dieser Weihnachtszeit sollten wir uns daran erinnern, dass es die kleinen Gesten der Nächstenliebe sind, die den wahren Zauber von Weihnachten ausmachen.

4. "Schnee, Liebe und Magie: Weihnachten am Kamin"

Die kalte Winterluft erfüllt die Straßen und ein Hauch von Weihnachtszauber liegt in der Luft. Die Menschen sind in weihnachtlicher Stimmung und lassen sich von der Magie dieser besonderen Zeit verzaubern. In dem Buch "Ein Hauch von Weihnachten: 30 besinnliche Geschichten für Erwachsene" finden Sie eine Vielzahl von Weihnachtsgeschichten, die perfekt zu dieser festlichen Atmosphäre passen.

Ein Hauch von Weihnachten: Besinnliche Geschichten für Erwachsene

In dem Kapitel "Schnee, Liebe und Magie: Weihnachten am Kamin" entführen wir Sie in eine Welt voller Wärme und Geborgenheit. Es ist die Zeit des Jahres, in der man sich gerne in die eigenen vier Wände zurückzieht, umgeben von Familie und Freunden. Der Kamin knistert leise und verbreitet eine wohlige Wärme im Raum. Der Schnee fällt leise vor dem Fenster und taucht die Welt in ein zauberhaftes Weiß.

In diesen Geschichten geht es um die Liebe, die an Weihnachten eine ganz besondere Bedeutung hat. Paare finden zueinander, alte Flammen entfachen erneut und Herzen öffnen sich für neue Möglichkeiten. Doch es geht nicht nur um romantische Liebe, sondern auch um die Liebe zu Familie und Freunden. Es sind Momente der Verbundenheit und des Zusammenhalts, die in diesen Erzählungen beleuchtet werden.

Und natürlich darf die Magie nicht fehlen. Denn Weihnachten ist die Zeit der Wunder und Überraschungen. In diesen Geschichten geschehen kleine Wunder, die uns zum Staunen bringen und uns daran erinnern, dass es im Leben mehr gibt als das Alltägliche.

Ein Hauch von Weihnachten: Besinnliche Geschichten für Erwachsene

Tauchen Sie ein in die Welt von "Schnee, Liebe und Magie: Weihnachten am Kamin" und lassen Sie sich von diesen bezaubernden Geschichten verzaubern. Spüren Sie die Wärme, die Liebe und die Magie, die in der Luft liegt. Genießen Sie diese besondere Zeit des Jahres und lassen Sie sich von den Erzählungen in diesem Buch inspirieren.

Menschen in weihnachtlicher Stimmung werden in diesen Geschichten einen Ort der Ruhe und Besinnlichkeit finden. "Ein Hauch von Weihnachten: 30 besinnliche Geschichten für Erwachsene" ist eine Sammlung von Erzählungen, die perfekt zu dieser Zeit passen und Ihnen dabei helfen, den Zauber von Weihnachten in vollen Zügen zu genießen.

5. "Das Geschenk der Vergebung: Eine Weihnachtsgeschichte"

Ein Hauch von Weihnachten: Besinnliche Geschichten für Erwachsene

Die Weihnachtszeit ist eine Zeit der Liebe, des Friedens und der Vergebung. Inmitten des hektischen Treibens und der Geschenkejagd vergessen wir manchmal, dass das größte Geschenk, das wir geben können, die Vergebung ist. In dieser herzerwärmenden Weihnachtsgeschichte erfahren wir von der Kraft der Vergebung und wie sie ein Leben verändern kann.

Es war einmal ein Mann namens Markus, der seit Jahren eine tiefe Verbitterung in sich trug. Vor langer Zeit hatte ihm sein bester Freund Jonas Unrecht getan und Markus konnte ihm einfach nicht verzeihen. Jahr für Jahr verging die Weihnachtszeit und Markus trug seinen Groll weiterhin mit sich herum.

Eines Tages erhielt Markus einen Brief von Jonas. Darin bat er um Vergebung für das, was er getan hatte. Markus war überrascht und wusste nicht, wie er reagieren sollte. Er stand vor einer Entscheidung: Sollte er den Brief ignorieren und an seinem Groll festhalten oder sollte er Jonas eine Chance geben?

Ein Hauch von Weihnachten: Besinnliche Geschichten für Erwachsene

Nach einer langen Nacht des Nachdenkens entschied sich Markus, Jonas eine Chance zu geben. Er schrieb ihm einen Brief zurück und verzieh ihm aufrichtig. In diesem Moment spürte Markus eine Last von seinen Schultern fallen. Es war, als ob ein Engel ihm die Hand gereicht hatte und ihm den Weg zur Vergebung gezeigt hatte.

Als Markus Jonas das nächste Mal traf, umarmten sie sich und Tränen der Erleichterung flossen. Die beiden Freunde hatten sich wiedergefunden und ihre Freundschaft war stärker denn je. In dieser Weihnachtszeit erlebten sie das wahre Geschenk der Vergebung.

Diese Geschichte erinnert uns daran, dass es nie zu spät ist, zu vergeben. Die Weihnachtszeit ist eine Zeit des Neuanfangs und der Versöhnung. Wenn wir uns von unserem Groll befreien und vergeben, schenken wir nicht nur anderen, sondern auch uns selbst Frieden und Glückseligkeit.

Ein Hauch von Weihnachten: Besinnliche Geschichten für Erwachsene

In der hektischen Weihnachtszeit sollten wir uns Zeit nehmen, um uns auf das Wesentliche zu besinnen. Lassen Sie uns das Geschenk der Vergebung annehmen und damit die wahre Bedeutung von Weihnachten ehren. Möge diese Geschichte uns daran erinnern, dass Vergebung der Schlüssel zu einem erfüllten und besinnlichen Weihnachtsfest ist.

6. "Die Melodie der Weihnachtsnacht: Eine musikalische Reise"

In der Stille der Weihnachtsnacht erfüllt eine Melodie die Luft. Die sanften Klänge schweben durch die frostige Winterluft und tragen uns auf eine musikalische Reise voller Emotionen und Erinnerungen. Die Weihnachtsmusik hat eine einzigartige Fähigkeit, uns in eine weihnachtliche Stimmung zu versetzen und unsere Herzen mit Freude und Wärme zu erfüllen.

Ein Hauch von Weihnachten: Besinnliche Geschichten für Erwachsene

Diese musikalische Reise beginnt mit den traditionellen Weihnachtsliedern, die seit Generationen gesungen werden. Sie erinnern uns an unsere Kindheit, an die Freude des Schneemannbauens und das Warten auf das Christkind. Jeder Ton weckt Erinnerungen an vergangene Weihnachtsfeste und lässt uns in die Magie dieser besonderen Zeit eintauchen.

Doch die Weihnachtsmusik ist nicht nur traditionell. Sie entwickelt sich ständig weiter und spiegelt die Vielfalt der heutigen Zeit wider. Von modernen Interpretationen klassischer Stücke bis hin zu neuen Weihnachtsliedern, die eigens für diese Zeit komponiert wurden, gibt es für jeden Geschmack und jede Stimmung die passende Melodie.

Diese musikalische Reise führt uns auch um die Welt. Jedes Land hat seine eigenen Weihnachtstraditionen und die Musik ist ein integraler Bestandteil davon. Wenn wir die Klänge aus verschiedenen Ländern hören, spüren wir die Einheit der Menschheit und die Freude, die Weihnachten überall auf der Welt bringt.

Ein Hauch von Weihnachten: Besinnliche Geschichten für Erwachsene

Die Melodie der Weihnachtsnacht ist eine universelle Sprache, die uns verbindet und uns daran erinnert, was wirklich wichtig ist: Liebe, Familie und Mitgefühl. Sie ist ein Geschenk, das wir jedes Jahr aufs Neue erhalten und das uns daran erinnert, dass wir Teil einer größeren Gemeinschaft sind.

Also lehnen Sie sich zurück, schließen Sie die Augen und lassen Sie sich von der Melodie der Weihnachtsnacht auf eine musikalische Reise mitnehmen. Tauchen Sie ein in die Magie der Weihnachtsmusik und lassen Sie sich von ihrer Schönheit und Kraft berühren. Denn in dieser besinnlichen Zeit gibt es nichts Schöneres, als sich von der Musik tragen zu lassen und den wahren Geist von Weihnachten zu spüren.

7. "Weihnachtslichter im Herzen: Geschichten von Hoffnung und Liebe"

In der dunkelsten Zeit des Jahres erstrahlen die Weihnachtslichter und bringen Wärme und Geborgenheit in unsere Herzen. Diese Geschichten von Hoffnung und Liebe werden Sie in eine weihnachtliche Stimmung versetzen und Ihnen eine besinnliche Zeit bescheren.

Ein Hauch von Weihnachten: Besinnliche Geschichten für Erwachsene

In "Ein Hauch von Weihnachten: 30 besinnliche Geschichten für Erwachsene" entdecken Sie eine Sammlung von 30 Weihnachtsgeschichten, die speziell für Erwachsene geschrieben wurden. Jede Geschichte erzählt von den einzigartigen Momenten, die wir während der Weihnachtszeit erleben.

Die Geschichten in diesem Buch handeln von der Magie der Liebe, der Kraft der Familie und der Bedeutung des Gebens. Sie werden von Menschen erzählt, die auf ihre ganz eigene Weise die wahre Bedeutung von Weihnachten erfahren haben. Von verlorenen Seelen, die in der Weihnachtsnacht ihre Herzenswärme wiederfinden, bis hin zu zufälligen Begegnungen, die das Leben für immer verändern – diese Geschichten werden Sie berühren und inspirieren.

Tauchen Sie ein in die zauberhafte Atmosphäre der Weihnachtszeit und lassen Sie sich von den wunderbaren Geschichten in diesem Buch verzaubern. Schenken Sie sich selbst oder Ihren Lieben Momente der Freude, der Nachdenklichkeit und des Glücks.

Ein Hauch von Weihnachten: Besinnliche Geschichten für Erwachsene

"Ein Hauch von Weihnachten: 30 besinnliche Geschichten für Erwachsene" ist die perfekte Lektüre für Menschen in weihnachtlicher Stimmung, die sich nach einer Auszeit vom stressigen Alltag sehnen. Diese Geschichten werden Ihr Herz erwärmen und Ihnen eine ganz besondere Weihnachtszeit bescheren.

Lassen Sie sich von den Weihnachtslichtern im Herzen führen und entdecken Sie die wahre Magie der Weihnachtszeit in diesen Geschichten von Hoffnung und Liebe.

8. "Der verschneite Weg zur Weihnacht: Abenteuer in der Natur"

Die winterliche Stille legte sich über das Land und tauchte die Welt in ein sanftes Weiß. Die Menschen in weihnachtlicher Stimmung begaben sich auf den verschneiten Weg, um das Abenteuer in der Natur zu suchen. Inmitten der belebten Städte und des vorweihnachtlichen Trubels war die Sehnsucht nach Ruhe und Besinnlichkeit groß. Der verschneite Weg zur Weihnacht versprach genau das.

Ein Hauch von Weihnachten: Besinnliche Geschichten für Erwachsene

Mit warmen Jacken und festen Schuhen ausgestattet, begaben sich die Menschen auf eine Reise in die winterliche Natur. Die klirrende Kälte biss in ihre Wangen, während sie den Pfad entlang wanderten. Die Bäume trugen stolz ihre schneebedeckten Zweige und die Vögel zwitscherten leise im Hintergrund. Die Luft roch nach frischem Schnee und Tannennadeln – ein Duft, der die Vorfreude auf das Fest steigerte.

Unterwegs begegneten sie kleinen Abenteuern: Eine verschneite Hütte lud zum Verweilen ein, wo sie sich mit heißem Glühwein aufwärmten und Geschichten austauschten. Ein zierlicher Hirsch streifte durch den Wald und beobachtete die Wanderer mit neugierigen Augen. Die Menschen spürten, wie die Natur sie umarmte und ihnen eine besondere Weihnachtsatmosphäre schenkte.

Ein Hauch von Weihnachten: Besinnliche Geschichten für Erwachsene

In der Ferne hörten sie Glocken läuten und folgten dem Klang, der sie zu einem malerischen Weihnachtsmarkt führte. Die Stände waren liebevoll geschmückt und boten handgemachte Geschenke und kulinarische Leckereien. Die Menschen genossen die warme Atmosphäre, während sie sich durch den Markt schlenderten und nach einzigartigen Weihnachtsgeschenken suchten.

Der verschneite Weg zur Weihnacht hatte die Herzen der Menschen berührt und ihnen eine Auszeit vom Alltag geschenkt. Sie kehrten mit einer neuen Perspektive zurück, wissend, dass wahre Weihnachtsfreude in der Natur und den kleinen Momenten des Glücks zu finden ist.

Dieses Abenteuer in der Natur war eine Erinnerung daran, dass die wahre Bedeutung von Weihnachten nicht im Konsumrausch liegt, sondern in der Verbundenheit mit der Natur und den Menschen, die einem am Herzen liegen. Der verschneite Weg zur Weihnacht wird für immer in ihren Erinnerungen verankert sein und sie jedes Jahr aufs Neue dazu inspirieren, die Magie der Natur zu suchen und zu genießen.

Ein Hauch von Weihnachten: Besinnliche Geschichten für Erwachsene

9. "Die Kunst des Schenkens: Eine Weihnachtsgeschichte"

Die Weihnachtszeit ist eine Zeit der Freude, Liebe und des Miteinanders. Inmitten der geschäftigen Vorbereitungen und dem Trubel des Alltags vergessen wir oft, dass es nicht nur darum geht, Geschenke zu kaufen, sondern auch darum, sie mit Bedacht und Liebe auszuwählen. In dieser besonderen Weihnachtsgeschichte möchten wir Ihnen die "Kunst des Schenkens" näherbringen.

Es war einmal eine kleine Stadt, in der die Menschen jedes Jahr in der Adventszeit ihre Herzen öffneten und sich gegenseitig mit kleinen Aufmerksamkeiten überraschten. Es war keine Frage des Geldes, sondern vielmehr eine Geste der Wertschätzung und des Respekts füreinander.

Ein Hauch von Weihnachten: Besinnliche Geschichten für Erwachsene

In dieser Stadt lebte ein alter Mann namens Herr Schmidt. Er hatte eine besondere Gabe – er konnte die geheimen Wünsche und Bedürfnisse der Menschen erkennen. Seine Augen funkelten, wenn er das perfekte Geschenk für jemanden fand. Eines Tages beschloss er, sein Wissen mit anderen zu teilen und eine Schule für die "Kunst des Schenkens" zu eröffnen.

Die Menschen strömten in Scharen zu Herrn Schmidt und lernten von ihm, wie man aufmerksam zuhört, die Bedürfnisse anderer erkennt und das perfekte Geschenk auswählt. Es ging nicht nur um materielle Dinge, sondern auch um kleine Gesten, die Herzen berühren konnten.

Die Weihnachtszeit wurde zum Höhepunkt des Jahres, nicht nur wegen der festlichen Dekorationen und des köstlichen Essens, sondern vor allem wegen der Liebe und des Mitgefühls, die in der Luft lagen. Die Menschen verstanden nun, dass das Schenken nicht nur eine Pflicht war, sondern eine Möglichkeit, anderen Freude zu bereiten und ihre Dankbarkeit auszudrücken.

Ein Hauch von Weihnachten: Besinnliche Geschichten für Erwachsene

So wurde die "Kunst des Schenkens" zu einer Tradition, die von Generation zu Generation weitergegeben wurde. Die Menschen in dieser Stadt erkannten, dass wahre Freude darin besteht, anderen eine Freude zu bereiten, und dass das größte Geschenk im Geben liegt.

In dieser Weihnachtsgeschichte möchten wir Sie ermutigen, die "Kunst des Schenkens" zu entdecken. Schenken Sie nicht nur materielle Dinge, sondern schenken Sie Zeit, Aufmerksamkeit und Liebe. Lassen Sie uns gemeinsam das wahre Wesen dieser wunderbaren Jahreszeit feiern und die Herzen der Menschen mit unserer Großzügigkeit erwärmen.

Möge die "Kunst des Schenkens" Sie in Weihnachtsstimmung versetzen und Ihnen helfen, das wahre Glück in den strahlenden Augen Ihrer Lieben zu sehen.

Frohe Weihnachten!

10. "Wohin der Stern uns führt: Eine moderne Weihnachtsodyssee"

Ein Hauch von Weihnachten: Besinnliche Geschichten für Erwachsene

Ein Hauch von Weihnachten: 30 besinnliche Geschichten für Erwachsene

Menschen in Weihnachtlicher Stimmung

Ein Hauch von Magie liegt in der Luft, während die festliche Jahreszeit uns mit warmen Lichtern und fröhlichen Klängen umgibt. In diesem subkapitel nehmen wir Sie mit auf eine moderne Weihnachtsodyssee, bei der ein besonderer Stern uns auf eine unerwartete Reise führt.

Es begann an einem kalten Dezemberabend, als eine Gruppe von Fremden sich in einer kleinen Stadt versammelte, um gemeinsam das Weihnachtsfest zu feiern. Unter ihnen waren unterschiedliche Persönlichkeiten, deren Wege sich auf wundersame Weise kreuzten. Von einem pensionierten Architekten, der nach einem Sinn in seinem Leben suchte, bis hin zu einer jungen Künstlerin, die ihre Leidenschaft neu entdecken wollte - sie alle waren auf der Suche nach etwas, das ihnen bisher entgangen war.

Ein Hauch von Weihnachten: Besinnliche Geschichten für Erwachsene

Als der funkelnde Stern am Himmel erschien, war es, als würde er ihre Herzen berühren und eine unsichtbare Verbindung zwischen ihnen schaffen. Von diesem Moment an begann ihre außergewöhnliche Reise, die sie durch verschneite Landschaften, belebte Weihnachtsmärkte und stille Kirchen führte.

Auf ihrem Weg begegneten sie unerwarteten Herausforderungen und überraschenden Begegnungen. Doch der Stern, der sie leitete, gab ihnen die Kraft und den Mut, ihre Ängste zu überwinden und ihr inneres Licht zu entfachen. Gemeinsam erlebten sie Momente der Freude, der Trauer, aber vor allem der Hoffnung.

"Wohin der Stern uns führt: Eine moderne Weihnachtsodyssee" ist eine Geschichte über die Kraft der Gemeinschaft, die Wunder der Weihnachtszeit und die Suche nach dem wahren Sinn des Festes. Lassen Sie sich von dieser berührenden Erzählung verzaubern und tauchen Sie ein in eine Welt voller Emotionen und unerwarteter Wendungen.

Ein Hauch von Weihnachten: Besinnliche Geschichten für Erwachsene

In diesem subkapitel finden Sie nicht nur eine unterhaltsame Geschichte, sondern auch eine Botschaft, die Ihnen helfen kann, die wahre Bedeutung von Weihnachten wiederzuentdecken. Lassen Sie sich von der magischen Atmosphäre einfangen und spüren Sie, wie der Stern auch Sie auf eine unvergessliche Reise führen kann.

11. "Die Geheimnisse des Weihnachtsmarktes: Liebe, Freundschaft, Glühwein"

11. Die Geheimnisse des Weihnachtsmarktes: Liebe, Freundschaft, Glühwein

Der Weihnachtsmarkt ist ein Ort voller Magie und Geheimnisse. Wenn man zwischen den Buden spaziert, erfüllt einen der Duft von gebrannten Mandeln, Zimt und Glühwein mit einer wohligen Wärme. Menschen in weihnachtlicher Stimmung versammeln sich hier, um die festliche Atmosphäre zu genießen und sich auf das bevorstehende Fest einzustimmen.

Ein Hauch von Weihnachten: Besinnliche Geschichten für Erwachsene

Doch der Weihnachtsmarkt birgt auch andere Geheimnisse, die nur den aufmerksamsten Besuchern offenbart werden. Es sind die Geschichten von Liebe, Freundschaft und Glück, die sich an diesem besonderen Ort entfalten.

In einer stillen Ecke des Marktes treffen sich zwei alte Freunde, die sich nach vielen Jahren wiedergefunden haben. Sie teilen Erinnerungen und neue Geschichten bei einer Tasse dampfendem Glühwein. Die Wärme des Getränks spiegelt die Wärme ihrer Freundschaft wider, die die Zeit überdauert hat.

Währenddessen begegnen sich zwei Fremde in der Menschenmenge. Durch einen Zufall stößt der eine den anderen an und sie kommen ins Gespräch. Aus dieser zufälligen Begegnung entsteht eine unerwartete Verbindung, die ihr Leben für immer verändern wird. Der Weihnachtsmarkt wird zum Ort ihrer ersten Begegnung und zur Kulisse für ihre sich langsam entwickelnde Liebe.

Ein Hauch von Weihnachten: Besinnliche Geschichten für Erwachsene

Aber nicht nur die Menschen sind es, die sich am Weihnachtsmarkt verändern. Auch der Markt selbst hat seine Geheimnisse. Wenn die letzten Besucher nach Hause gegangen sind und die Buden leer stehen, erwachen die Geister des Weihnachtsmarkts zum Leben. Sie tanzen zwischen den Ständen und erzählen sich die Geschichten der vergangenen Tage. Eine geheimnisvolle Atmosphäre liegt über dem Platz, während die Geister die Magie der Weihnachtszeit zelebrieren.

Der Weihnachtsmarkt ist ein Ort voller Geheimnisse, die nur darauf warten, entdeckt zu werden. Für Menschen in weihnachtlicher Stimmung bietet er die Möglichkeit, in eine Welt einzutauchen, in der Liebe, Freundschaft und Glühwein die Hauptrollen spielen. Lassen Sie sich von den Geschichten des Weihnachtsmarkts verzaubern und tauchen Sie ein in die besondere Atmosphäre dieser magischen Zeit.

12. "Eine Stille Nacht in der Großstadt: Magie im urbanen Dschungel"

Ein Hauch von Weihnachten: Besinnliche Geschichten für Erwachsene

Die hektische Großstadt erwacht zu neuem Leben, als die Weihnachtszeit näher rückt. Zwischen den hohen Wolkenkratzern und dem geschäftigen Treiben der Menschen findet sich jedoch ein Ort der Ruhe und Besinnlichkeit. Eine Stille Nacht inmitten des urbanen Dschungels.

Inmitten des Trubels und der Hektik hat sich ein kleiner Park in eine Oase der Weihnachtsmagie verwandelt. Die Bäume sind mit funkelnden Lichtern geschmückt und der Duft von Tannennadeln erfüllt die Luft. Die Menschen strömen in diesen versteckten Ort, um dem Alltagsstress zu entfliehen und die besondere Atmosphäre zu genießen.

In dieser Stille Nacht treffen verschiedene Charaktere aufeinander, deren Wege sich sonst nie gekreuzt hätten. Der gestresste Geschäftsmann, der sich inmitten der Hektik verloren hat, begegnet einem jungen Künstler, der mit seinem Pinsel die Schönheit der Stadt einfängt. Die beiden tauschen ihre Geschichten aus und finden Trost und Inspiration in den Worten des anderen.

Ein Hauch von Weihnachten: Besinnliche Geschichten für Erwachsene

Ein älteres Ehepaar, das schon viele Weihnachtsfeste gemeinsam verbracht hat, entdeckt in dieser stimmungsvollen Nacht erneut die Magie der Liebe. Sie beobachten die funkelnden Sterne über ihnen und erinnern sich an die ersten gemeinsamen Weihnachtsfeste, als alles noch neu und aufregend war.

Auch die Kinder der Stadt finden ihren Weg in den Park. Sie bauen Schneemänner und lassen ihre Wünsche in den Nachthimmel steigen. Ihre unschuldige Begeisterung steckt die Erwachsenen an und lässt sie für einen Moment ihre Sorgen vergessen.

In dieser Stille Nacht in der Großstadt wird klar, dass Weihnachten nicht nur in traditionellen Familienfeiern und besinnlichen Stunden zu finden ist. Die Magie von Weihnachten kann überall entstehen, selbst im urbanen Dschungel.

Die Menschen in diesem versteckten Park finden Frieden und Glück inmitten des Trubels. Sie spüren, dass es in der Weihnachtszeit nicht nur um Geschenke und Konsum geht, sondern vor allem um Menschlichkeit, Liebe und das Teilen besonderer Momente.

Ein Hauch von Weihnachten: Besinnliche Geschichten für Erwachsene

Wenn Sie in weihnachtlicher Stimmung sind und auf der Suche nach inspirierenden Geschichten sind, dann ist "Ein Hauch von Weihnachten: 30 besinnliche Geschichten für Erwachsene" genau das richtige Buch für Sie. Tauchen Sie ein in die Welt der urbanen Weihnachtsmagie und lassen Sie sich von den Geschichten verzaubern.

13. "Rückkehr nach Hause: Weihnachten in der Heimatstadt"

Die Weihnachtszeit ist eine Zeit der Besinnung, der Familie und der Traditionen. Für viele Menschen ist es eine Zeit, in der sie in ihre Heimatstadt zurückkehren, um das Fest im Kreise ihrer Liebsten zu feiern. In diesem Kapitel wollen wir uns auf die Rückkehr nach Hause und die besondere Atmosphäre von Weihnachten in der Heimatstadt konzentrieren.

Ein Hauch von Weihnachten: Besinnliche Geschichten für Erwachsene

Für diejenigen, die in der Ferne leben, ist die Rückkehr in die Heimatstadt zu Weihnachten eine ganz besondere Erfahrung. Schon Wochen vorher steigt die Vorfreude und die Sehnsucht nach dem vertrauten Ort, an dem man aufgewachsen ist. Die Straßen sind geschmückt, die Häuser erleuchten in festlichem Glanz und der Duft von Tannen und Lebkuchen liegt in der Luft. Es ist, als ob die ganze Stadt auf das große Fest wartet.

Die Heimatstadt empfängt ihre Rückkehrer mit offenen Armen. Familie und alte Freunde kommen zusammen, um gemeinsam die Weihnachtszeit zu genießen. Es werden Geschichten erzählt, Erinnerungen geteilt und alte Traditionen wieder aufleben gelassen. Das gemeinsame Singen von Weihnachtsliedern in der Kirche oder der Besuch des traditionellen Weihnachtsmarktes sind feste Bestandteile des Programms.

Ein Hauch von Weihnachten: Besinnliche Geschichten für Erwachsene

Auch die Kulinarik spielt eine große Rolle. Die traditionellen Gerichte, die man seit Kindertagen kennt, werden mit viel Liebe zubereitet und gemeinsam genossen. Ob der duftende Braten, die knusprigen Plätzchen oder der würzige Glühwein – jedes Gericht erzählt seine eigene Geschichte und weckt Erinnerungen an vergangene Weihnachtsfeste.

Die Rückkehr nach Hause zu Weihnachten ist eine Zeit der Verbundenheit und des Wiedersehens. Es ist eine Zeit, in der man zur Ruhe kommt, die Hektik des Alltags hinter sich lässt und sich auf das Wesentliche besinnt. Die Heimatstadt ist mehr als nur ein Ort auf der Landkarte, sie ist ein Stück der eigenen Identität und ein Ort, an dem man sich geborgen fühlt.

Ein Hauch von Weihnachten: Besinnliche Geschichten für Erwachsene

In diesem Kapitel werden wir verschiedene Geschichten von Menschen erzählen, die zu Weihnachten in ihre Heimatstadt zurückkehren. Es sind Geschichten über das Ankommen, das Wiedersehen und die besonderen Momente, die nur in der Heimatstadt zu finden sind. Tauchen Sie ein in die weihnachtliche Stimmung und lassen Sie sich von diesen Geschichten berühren.

"Ein Hauch von Weihnachten: 30 besinnliche Geschichten für Erwachsene" bietet eine einzigartige Sammlung von Erzählungen, die die weihnachtliche Atmosphäre einfangen und Menschen in Weihnachtsstimmung verzaubern. Lesen Sie weiter und lassen Sie sich von den Geschichten in die Welt der Heimatstadt zur Weihnachtszeit entführen.

14. "Die Weihnachtsreise: Abenteuerlust im festlichen Gewand"

Ein Hauch von Weihnachten: Besinnliche Geschichten für Erwachsene

Die Weihnachtszeit ist eine Zeit voller Magie und Geheimnisse, in der sich die Herzen der Menschen mit Freude und Wärme füllen. In diesem subchapter tauchen wir ein in eine faszinierende Geschichte, die die Abenteuerlust in der festlichen Weihnachtszeit verkörpert.

In "Die Weihnachtsreise: Abenteuerlust im festlichen Gewand" begleiten wir Lisa, eine junge Frau voller Tatendrang und Neugierde. Obwohl sie die Weihnachtszeit liebt, sehnt sie sich nach einem unvergesslichen Abenteuer, das diese besondere Zeit noch magischer machen würde.

Eines Tages erhält Lisa eine mysteriöse Einladung zu einer geheimnisvollen Weihnachtsreise. Ohne zu zögern, entscheidet sie sich, dieses außergewöhnliche Angebot anzunehmen. Die Reise führt sie durch verschneite Landschaften, malerische Dörfer und zu den schönsten Weihnachtsmärkten Europas.

Ein Hauch von Weihnachten: Besinnliche Geschichten für Erwachsene

Auf ihrer Reise begegnet Lisa faszinierenden Menschen, die ihre eigenen Geschichten und Weihnachtstraditionen haben. Sie lernt, wie Weihnachten in anderen Ländern gefeiert wird und entdeckt die vielfältigen Bräuche und Rituale dieser besonderen Zeit. Dabei wird ihr klar, dass Weihnachten nicht nur eine Feierlichkeit ist, sondern eine universelle Verbindung zwischen den Menschen auf der ganzen Welt schafft.

Mit jedem Tag der Reise wächst die Abenteuerlust in Lisa. Sie taucht ein in eine Welt voller Lichter, Klänge und Düfte, die sie bisher nur aus Erzählungen kannte. Dabei lernt sie auch die Bedeutung von Mitgefühl, Großzügigkeit und Zusammenhalt in der Weihnachtszeit neu kennen.

Ein Hauch von Weihnachten: Besinnliche Geschichten für Erwachsene

"Die Weihnachtsreise: Abenteuerlust im festlichen Gewand" ist eine inspirierende Geschichte für Menschen in weihnachtlicher Stimmung. Tauchen Sie ein in dieses Abenteuer und lassen Sie sich von der Magie der Weihnachtszeit verzaubern. Diese Geschichte ist Teil der Sammlung "Ein Hauch von Weihnachten: 30 besinnliche Geschichten für Erwachsene" und bietet eine einzigartige Perspektive auf das Fest der Liebe.

Genießen Sie diese Reise voller Abenteuerlust, die Sie mit einem warmen Herzen in die Weihnachtszeit entlässt. Lassen Sie sich von den Geschichten in diesem Buch inspirieren und erleben Sie eine Weihnachtszeit voller Magie und Besinnlichkeit.

15. "Kaminfeuer und Geschichten: Ein Weihnachtsabend unter Freunden"

Ein Hauch von Weihnachten: Besinnliche Geschichten für Erwachsene

Ein lauer Winterabend bricht herein und die festliche Atmosphäre der Weihnachtszeit erfüllt die Herzen der Menschen. In dieser besonderen Zeit des Jahres, wenn die Tage kürzer werden und die Nächte länger, sehnen wir uns nach Wärme, Gemütlichkeit und der Gesellschaft unserer Lieben. Und was gibt es Schöneres, als diese Wärme mit Freunden zu teilen?

An einem solchen Abend versammeln sich gute Freunde um das prasselnde Kaminfeuer und lassen die Hektik des Alltags hinter sich. Die Flammen tanzen im Rhythmus der Nacht und tauchen den Raum in ein sanftes, beruhigendes Licht. Es ist die perfekte Kulisse für einen Weihnachtsabend unter Freunden.

In dieser intimen Runde werden Geschichten erzählt, die das Herz berühren. Jeder Gast hat eine Geschichte zu erzählen, eine Erinnerung an vergangene Weihnachten oder eine besondere Begegnung in der festlichen Zeit. Die Atmosphäre ist mit Spannung und Vorfreude aufgeladen, während die Erzähler ihre Worte mit Bedacht wählen, um die Zuhörer in eine andere Welt zu entführen.

Ein Hauch von Weihnachten: Besinnliche Geschichten für Erwachsene

Die Geschichten handeln von Liebe, Hoffnung und dem Zauber der Weihnacht. Sie erinnern uns daran, dass es in dieser hektischen Welt immer noch Raum für Magie und Menschlichkeit gibt. Jede Erzählung ist ein Geschenk, das mit jedem Wort tiefer in unsere Herzen eindringt.

Während das Kaminfeuer knistert und die Geschichten erzählt werden, verschwimmen Raum und Zeit. Die Freunde vergessen für einen Moment ihre Sorgen und tauchen ein in die Welt der Fantasie und des gemeinsamen Glücks. Es ist ein Moment der Verbundenheit, der zeigt, dass wahre Freundschaft auch in den schwierigsten Zeiten Bestand hat.

Und so endet dieser besondere Weihnachtsabend unter Freunden, in einer Atmosphäre von Harmonie und Dankbarkeit. Die Zuhörer verlassen den Raum mit Herzen voller Wärme und die Gewissheit, dass wahre Freundschaft und die Magie der Weihnacht unvergänglich sind.

Ein Hauch von Weihnachten: Besinnliche Geschichten für Erwachsene

In einer Zeit, in der die Welt oft hektisch und kalt erscheint, ist es wichtig, diese kostbaren Momente der Gemeinschaft zu schätzen. Denn in ihnen liegt der wahrhaftige Geist der Weihnacht verborgen – in einem Kaminfeuer und den Geschichten, die wir teilen.

Schlusswort

Schlusswort

Liebe Leserinnen und Leser,

mit diesem Schlusswort möchte ich mich bei Ihnen für die Begleitung auf unserer Reise durch "Ein Hauch von Weihnachten: Besinnliche Geschichten für Erwachsene" bedanken. Es war mir eine große Freude, diese Sammlung von Geschichten mit Ihnen zu teilen und Ihnen eine weihnachtliche Stimmung zu vermitteln.

Ein Hauch von Weihnachten: Besinnliche Geschichten für Erwachsene

Die Weihnachtszeit ist eine besondere Zeit des Jahres, in der wir uns auf das Wesentliche besinnen und unsere Herzen für die Menschen um uns herum öffnen. In diesen 30 Weihnachtsgeschichten für Erwachsene haben wir gemeinsam Momente der Freude, der Liebe und der Hoffnung erlebt. Sie haben uns daran erinnert, dass es in der Hektik des Alltags wichtig ist, innezuhalten und die kleinen Wunder um uns herum zu erkennen.

Ich hoffe, dass diese Geschichten auch Sie berührt haben und Ihnen eine Auszeit vom Trubel des Alltags geschenkt haben. Vielleicht haben Sie sich in der einen oder anderen Erzählung wiedererkannt oder neue Perspektiven entdeckt. Die Vielfalt der Geschichten sollte dabei helfen, unterschiedliche Facetten der Weihnachtszeit zu beleuchten und Ihnen neue Impulse zu geben.

Ein Hauch von Weihnachten: Besinnliche Geschichten für Erwachsene

Weihnachten ist eine Zeit des Zusammenseins und der Verbundenheit. Ich hoffe, dass Sie diese Geschichten mit Ihren Liebsten teilen können und gemeinsam eine wundervolle Weihnachtszeit erleben. Denn letztendlich sind es die Menschen, mit denen wir diese besonderen Momente teilen, die das Fest der Liebe zu dem machen, was es ist.

Abschließend möchte ich Ihnen von ganzem Herzen ein frohes Weihnachtsfest und einen guten Start in das neue Jahr wünschen. Möge der Zauber der Weihnacht Sie das ganze Jahr über begleiten und Ihnen stets ein Lächeln auf die Lippen zaubern.

In diesem Sinne verabschiede ich mich und freue mich darauf, Sie bei unserer nächsten Begegnung mit neuen Geschichten zu begeistern.

Herzliche Grüße,

J. Dierssen

Ein Hauch von Weihnachten: Besinnliche Geschichten für Erwachsene

Impressum

Jan Dierssen
Hammersbecker Weg 6
28790
Schwanewede
buecherjan1993@gmail.com

MIX
Papier | Fördert
gute Waldnutzung
FSC® C083411

Druck:
CPI Druckdienstleistungen GmbH
im Auftrag der
Zeitfracht GmbH
Ein Unternehmen der Zeitfracht - Gruppe
Ferdinand-Jühlke-Str. 7
99095 Erfurt